I

冰島暗湧

DIMMA

暗潮

拉格納・約拿森——著　蘇雅薇——譯

RAGNAR JÓNASSON

第一天

第一章

女子問道，「妳怎麼找到我的？」她的聲音顫抖，一臉恐懼。

瑚達．赫曼朵蒂（Hulda Hermannsdóttir）[1]督察一聽，興致馬上來了，不過身為職場老手，她知道受訪者即使無所隱瞞，也會有緊張的反應。不管是在警局正式訪談，還是像現在這樣閒聊，遭到警方質詢總是讓人覺得壓迫感很重。女子在雷克雅維克的這間養老院工作，她們面對面坐在員工餐廳旁的狹小茶水間。她年約四十，留著短髮，一臉疲憊，瑚達的意外來訪明顯令她不知所措。女子的反應當然可以歸因於完全無辜的緣由，但瑚達幾乎可以肯定，她有所隱瞞。多年來，她訊問過太多嫌犯，培養出一套本領，可以看出對方是否試圖矇騙她。有人會稱之為直覺，但瑚達鄙視這個說法，覺得那只表示警察做事懶散。

「我怎麼找到妳的……？」她冷靜地複述，「妳不想讓人找到嗎？」她扭曲對方的話，但她必須想辦法讓對話進行下去。

「什麼？對……」

空氣中有一絲咖啡味──算不上咖啡香──擁擠的房內一片陰暗，放著公家機關常見的單調過時家具。

女子把手放在桌上，她再次舉手撫摸臉頰時，桌上留下汗濕的掌印。通常，瑚達看到這種明顯的跡象，會很滿意找到罪魁禍首，但她沒有感到平常的滿足。

瑚達短暫停頓後繼續說，「我要問妳一件上週發生的事。」出於習慣，她的語速有點快，口氣友善愉悅。這是她工作時使用的正向人格，即使執行現在這種困難任務時也不例外。晚上獨自在家時，她的表現完全相反，一旦用盡所有儲存的精力，她便會輕易被疲倦和憂鬱所吞噬。

女子點點頭：顯然她知道接下來要問什麼。

---

1 冰島人的「姓氏」大多數情況下實為父親的名字加上後綴，「...son」代表「某某的兒子」，「...sdottir」代表「某某的女兒」。

「星期五早上妳在哪裡？」

她馬上回答：「如果我沒記錯，我在工作。」

瑚達看女子不打算束手就擒，幾乎鬆了一口氣。她問道，「妳確定嗎？」她仔細觀察女子的反應，往後靠著椅子，雙手抱胸，擺出平常訊問的姿勢。有人覺得這個動作表示她採取守勢，或缺乏同情。採取守勢？最好是。她只是要避免雙手礙事，在需要專心時害她分神。至於缺乏同情，她覺得沒必要投入超乎一般的情緒：工作帶給她的負擔已經夠重了。她知道她認真投入案件調查的程度，可說逼近走火入魔。

「妳確定嗎？」她重複一次，「警方可以輕鬆查出妳的說法是否屬實，妳不會希望我們逮到妳撒謊。」

女子沒說什麼，但她明顯坐立難安。

瑚達直白地說，「有人被車撞了。」

「喔？」

「對，妳在報紙或電視上一定有看到新聞。」

「什麼？喔，可能吧。」短暫沉默後，女子補上一句：「他還好嗎？」

「如果妳是想偷問他的狀況，他死不了。」

「不，我不是要……我……」

「但他不可能完全康復了，他還在昏迷。妳知道這起事件吧？」

「我……我一定有聽說過……」

「雖然報紙沒報導，但他是登記在案的戀童癖。」

看女子沒有反應，瑚達繼續說：「不過妳撞倒他的時候早就知道了吧。」

還是沒反應。

「多年前他遭到判刑，已經服刑完畢。」

女子打斷她：「為什麼妳覺得我跟這件事有關？」

「如同我剛才所說，他已經服刑完畢，但我們調查時發現，他出獄後並沒有停止犯行。這麼說吧，我們認定這起肇事逃逸事件不是意外，於是我們搜索他的公寓，想找出可能的犯案動機，結果找到那些照片。」

「照片？」女子現在看來震驚不已。「什麼照片？」她屏住氣。

「小孩。」

女子擺明迫切想追問，卻又阻止了自己。

「包括妳的兒子。」瑚達補上，回答她沒有問的問題。

淚水開始滑下女子的臉龐。「我兒子……的照片。」她結結巴巴，啜泣哽咽。

瑚達問道，「妳為什麼不報案？」她盡量講得別像在指控她。

「什麼？我不知道。當然，我應該要……可是我想到他，想到我兒子，我不忍心這樣對待他。他得要……告訴別人……出庭作證。或許我錯了……」

「妳說妳開車撞他嗎？嗯，對。」

女子稍微遲疑後繼續說，「這個嘛……對……可是……」

瑚達等著，留下時間讓女子自白。可是她沒有感到平常破案的成就感。通常她都專心做好工作，並以多年來解決的多起困難案件為傲。現在的問題是，即使坐在面前的女子愧疚不已，她仍無法肯定女子是這起案件的真正凶手。如果硬要說，她是受害者。

女子哭得無法控制。她說：「我……我觀察……」她又停下來，哽咽到無法繼續。

「妳觀察他？你們住在同一區吧？」

女子悄聲說，「對。」她控制住聲音，怒火突然給了她力量。「我一直在關注那個混帳，我無法忍受他可能繼續做那些事。我總是做惡夢驚醒，夢到他挑了另一個小孩下手。而且……而且……都是我的錯，因為我沒有報案。妳懂嗎？」

瑚達點點頭，她當然懂。

「那天我剛送兒子上學，結果在學校旁邊看到他。我停下車，觀察他──他跟幾個男孩聊天，臉上掛著那種……那種噁心的得意笑容。他在遊樂場附近待了一陣子，我感到好生氣。他沒有停手──他這種男人，從來不會停手。」她擦擦臉頰，但淚水仍不斷流下來。

「是啊。」

「然後機會憑空來了。他離開學校時，我跟著他。他橫越馬路，附近都沒有人，沒有人會看到我，於是我踩下油門。我不知道我在想什麼──什麼都沒想吧。」女子又大聲啜泣起來，把臉埋進雙手，才顫抖著繼續說：「我沒打算殺他，至少我覺得沒有，我只是害怕又生氣。現在我會怎麼樣？我不能……我不能去坐牢。我和兒子兩個人相依為命，他爸爸一無是處，不可能收留他。」

瑚達站起身，不發一語，一手放在女子肩膀上。

陌生人：一名她從未見過、身穿濕外套的怪異女子。可是不久之前，她還在產科病房，躺在母親懷裡。

女子一週可以來訪兩次，但還是不夠。每次來，她都感到她們之間的隔閡越來越寬：一週只有兩次機會見面，中間還隔著玻璃。

母親努力透過玻璃說話，試圖對女兒說些什麼。她知道聲音傳得過去，但說話有什麼用？小女孩還太小，無法理解：她需要母親將她擁入懷中。

女子忍住眼淚，朝女兒微笑，低聲說她多愛她。「記得多吃一點，」她說，「聽護士的話，當個乖寶寶。」其實她想砸破玻璃，從護士手中抓起她的寶寶，緊緊抱住她，再也不要放她走。

她不經意來到玻璃正前方，輕敲玻璃。小女孩的嘴巴抽動，露出微笑，融化了母親的心。第一滴眼淚溢出眼眶，滑下她的臉頰。她敲得大聲一點，但孩子猛地一顫，也開始哭了。

母親再也忍不住，越發大聲捶打玻璃，大喊：「把她給我，我要我的女兒！」

護士站起身，急忙抱著嬰兒離開房間。母親仍舊不住捶打大叫。

她突然感到一隻手穩穩撫著她的肩膀。她停止敲打玻璃，轉頭看站在她身後的年長女子。她們見過面。

「好了，妳知道這樣不行。」年長女子溫柔地說，「如果妳鬧事，我們就不能讓妳來訪視，妳會嚇壞妳的小女兒。」

她的話迴盪在母親腦中。她都聽過了：為了孩子好，他們不該跟母親形成太親密的羈絆，否則訪視之間的等待只會更加煎熬。她必須理解，這些安排都是為了女兒的福祉。

她覺得毫無道理，但她假裝了解，深怕對方禁止她來訪。

室外仍在下雨。她下定決心，等她們團圓後，她絕不會告訴女兒這段過去，包括那塊玻璃和強制的分離。她只希望小女孩不會記得。

第一章

年輕母親站在玻璃旁等待。如同每次訪視，她稍作了打扮，她最好的外套看來有點寒酸，但她手頭緊，只能勉強湊合。他們總是要她等，彷彿要懲罰她，提醒她的錯，給她機會反省自己的疏失。今天外頭下雨，她的外套都濕了，更是雪上加霜。

寂靜的幾分鐘過去，感覺卻像一輩子，然後護士終於抱著小女孩走進房內。每次母親隔著玻璃看到女兒，心臟總會翻騰。她感到一股憂鬱和絕望席捲而來，但她勇敢地努力掩飾。雖然孩子才滿六個月——就是今天呢——不太可能記得這次訪視，母親仍直覺認為要確保她所有的記憶都很正面，這些訪視應該是快樂的時刻。

然而孩子看來不甚快樂，甚至對玻璃另一端的女子幾乎沒有反應。她就像看到

第三章

瑚達訊問完那名女子時，已經快六點了，她便直接回家。她需要時間思考，才能採取下一個步驟。

夏天快到了，白晝越來越長，但外頭不見太陽的蹤影，只有雨下個不停。她的印象中，夏天應該陽光傾瀉，更溫暖明亮。這麼多回憶：說實在話，太多了。很難想像她快六十五歲了，她沒有感覺到花甲之齡已過了一半，但七十歲大關就在不遠處虎視眈眈。

接納她的年齡是一回事，接受她即將退休又是另一回事了。可是她無法逃避：不用多久，她就要開始提領退休金了。她不知道這個年紀的人該有什麼感受。她母親六十歲時已垂垂老矣，但現在輪到瑚達，她卻不覺得四十四歲和六十四歲有任何實質的差異。或許近來她的耐力差了點，但她若不說，別人絕不會發現。她的眼力還是不錯，不過聽力大不如前了。

她仍保持身體健朗：她熱愛戶外活動，很有幫助。她甚至有診斷書證明她不是老太婆呢。上次健康檢查時，年輕醫生——以醫生來說當然太年輕了——告訴她，「妳的身體狀況好極了。」好吧，其實他是說：「以妳的年紀來講，狀況好極了。」

她維持體態，一頭短髮長出來仍是深色，只有幾根白髮。只出在照鏡子的時候，她才會注意到時間的摧殘。有時她不敢相信眼睛，覺得鏡中倒映出的是陌生人，即使她的臉很熟悉，她卻寧可認不出來。偶爾出現的細紋，眼睛下方的眼袋，鬆弛的肌膚。這個女人是誰，她在瑚達的鏡子裡做什麼？

她坐在母親的好扶手椅上，從客廳窗戶往外瞧。景色不怎麼樣，市內公寓四樓看出去差不多都是如此。

她並非一直住在這兒。偶爾她會允許自己短暫緬懷過往時光，懷念他們一家住在奧爾塔內斯海邊的生活。比起這兒，那裡的鳥鳴嘹亮多了，而且無所不在；你只要走進花園，就能貼近自然。當然鄰近大海表示風很大，不過清新的海風雖然冷冽，卻是瑚達的命脈。以前她會站在房子下方的海岸，閉上眼睛，讓大自然的聲音充滿腦海——海潮的轟隆聲，海鷗的鳴叫聲——然後呼吸。

時間就這麼飛逝而過。感覺她步入婚姻、成為母親不過是轉瞬之前，但一算起年份，才發現簡直是上輩子的事了。時間就像手風琴：這一分鐘壓縮，下一分鐘又無限延長。

即使她總是因為能力不受重視而憤憤不平，即使她經常撞上限制女人升遷的玻璃天花板，她知道她還是會懷念工作。

說實在話，她畏懼孤獨一人，但不遠的未來可能有閃亮的機會。她和健走社的男子交了朋友，她還不確定他們的友誼會如何發展，不過隨之而來的可能令她既嚮往又不安。守寡以來，她大多是單身，起初也不怎麼鼓勵男人追求。她一直糾結這段關係的缺點，又擔心她的年紀，實在很不像她。通常她會盡量忘卻年齡，認定自己保有年輕的心，但這次年齡的數字——六十四歲！——成了阻礙。她一直自問，在這個年歲開始一段新戀情真的好嗎？但很快她就意識到，她只是在找藉口避免冒險。她很害怕，就這麼簡單。

無論如何，瑚達下定決心慢慢來，沒必要急就章。她喜歡他，也能輕易想像與他共度遲暮之年。這不叫愛——她都忘了那是什麼感覺——但愛不是必要條件。他們都喜歡戶外自然環境，她不會視之為理所當然，而她也享受他的陪伴。不過她知道第一次約會後，她同意再跟他見面別有原因。要她坦承的話，即將到來的退休成了關鍵因素：她無法面對自己可能要孤獨終老。

第四章

瑚達很在意她收到的電子郵件，即使內文的要求看來頗簡單：她的上司約她早上九點討論事情。電子郵件昨天很晚才寄出，已經很不尋常，一大早就跟她「討論事情」，更是非常不像他。瑚達習慣看他開非正式的早晨會議，但她從來沒有受邀。與其說是工作會議，不如說那是男生聯絡感情的時間，而她絕對不屬於那一掛。即使擔任管理職多年，她仍感覺主管不完全信任她，下屬也一樣。管理階層不能徹底忽視她的升遷，但她終究還是碰壁了。她申請的職位一直被分配給比她年輕的男同事，最終她也接受了必然的結果。她不再申請更受尊崇的職缺，而是認分把督察的工作盡力做到最好。

她惴惴不安沿著走廊走向毛納斯的辦公司。她才敲門，他馬上就應門，一如往常和藹可親，但瑚達覺得他的友善只是表面功夫。

他說，「瑚達，請坐。」她聽出他口氣帶著屈尊遷就，不管他是否有意，都燃起她的怒火。

「我有很多事要忙，」她說，「這很重要嗎？」

「請坐。」他重複一次，「我們需要聊聊妳的狀況。」毛納斯四十初頭，在警局內晉升很快。他身材高挑，看來健康，雖然以這個年紀的男性來說，他上半身異常單薄。

她坐下來，心一沉。她的狀況？

毛納斯笑著開口，「妳剩的時間不多了。」看瑚達沒有反應，他清清喉嚨，有點尷尬地再試一次：「我是說，這是妳在警局的最後一年吧？」

「對，沒錯。」她遲疑地說，「我年底要退休了。」

「沒錯。問題是……」他停下來，好像在斟酌用字：「下個月有一位年輕人要到職，他能力真的很強。」

瑚達還是不確定他們要談什麼。

「他會接替妳的位子。」毛納斯繼續說，「我們能招到他非常幸運，他大可出國或進入民間企業。」

她感到肚子彷彿挨了一拳。「什麼？接替我？你……你的意思是？」

「他會接手妳的工作和辦公室。」

瑚達說不出話，各種想法在她腦中亂竄。她找回聲音，啞聲問，「什麼時候？」

「兩星期後。」

「可是……我要怎麼辦？」這個消息把她擊倒在地。

「妳可以現在就離開。妳本來就沒剩多少時間，只是把妳離開的日期提早幾個月而已。」

「離開？現在？」

「對，當然會付妳全薪。瑚達，我們不是解僱妳，妳只是請假幾個月，接著就直接開始領退休金，提領金額也不會受影響。妳沒必要這麼驚訝，這個提案很好，我沒打算坑妳錢。」

「這個提案很好？」

「對呀，妳有更多時間培養興趣，更多時間……」他的表情透露他其實不知道她空閒時都在做什麼。「更多時間陪伴……」他講到一半又停下來：他應該要知道瑚達沒有家人。

「感謝你的建議，但我不想提早退休。」瑚達僵硬地說，努力控制表情。「不過還是謝謝你。」

「其實我不是建議，我已經決定了。」毛納斯的聲音稍微強硬起來。

「你決定了？我不能有意見嗎？」

「對不起，瑚達。我們需要妳的辦公室。」

她心想，你還需要更年輕的團隊。

「你就這樣感謝我？」她可以聽到她的聲音顫抖。

「好了，別全往壞處想，這個決定跟妳的能力無關。拜託，瑚達：妳知道妳是我們最優秀的警員之一，我們倆都知道。」

「我負責的案件怎麼辦？」

「我把大部分的案子都分派給團隊成員了，妳離開前可以跟新人談談，讓他了解狀況。目前妳手上最大的案子就是戀童癖的肇事逃逸案，有什麼進展嗎？」

她想了一下。職涯能結束在高點，當然會滿足她的自尊：取得犯人自白，結案。女子一時瘋狂，決定私刑執法，避免未來更多小孩落入加害者手中。也許她的攻擊背後有著正義，代表公正的復仇……

「很抱歉，距離破案還早。」她頓了一下才說，「問我的話，應該是意外吧。我建議把案子暫放一邊，希望駕駛到頭來會投案。」

「嗯，也是。好，沒問題。年底等妳正式退休，我們會辦個小派對，好好歡送妳。不過如果妳願意，今天就能清空桌子了。」

「你要我……今天就離開？」

「當然，妳願意的話。或者妳傾向再待幾週也行。」

「嗯，拜託了。」她馬上後悔說「拜託」。「新人來了我就會走，但在那之前我會繼續處理我的案子。」

「我說過了，妳的案子我都分派出去了。好吧，我想妳也是可以翻翻未結的懸案，看妳對哪一件有興趣。聽起來如何？」

她一時衝動，想跳起來衝出去，永遠不回來。但她不會輕易滿足他。

「好吧，就這樣。我喜歡的案子都可以？」

「呃，對，當然。妳喜歡的都可以，讓妳有事做就好。」

瑚達明確感到毛納斯想要她離開辦公室；他有更迫切的事要處理。

她挖苦道，「太好了，我會努力找事情給自己做。」她站起身，沒有道別或道謝就走出去。

第五章

瑚達在震驚中跌跌撞撞走回自己的辦公室。她覺得自己活像被炒了魷魚，給人拎著耳朵掃地出門，彷彿她多年的工作成果都沒有意義。這可是全新的體驗。她知道她反應過度，不該這麼想，但她就是甩不開肚子底端噁心的感覺。

她在桌前坐下，茫然盯著電腦，連開機的力氣都沒有。一直以來，她的辦公室就像第二個家，現在卻突然顯得好陌生，彷彿已經屬於將到職的新人。老舊的椅子坐起來不舒服，褐色木桌看來磨損破舊，文件對她再也沒有意義。她連想到在這兒多待一分鐘都無法忍受。

她需要分神，別去想剛才的事。何不聽從毛納斯的話，去翻翻懸案檔案？不過說穿了，瑚達不需要多想：有一件懸案大叫著要她重啟調查。原始調查是她的同事負責，她只有間接追蹤進度，但或許這是好事，她能用全新視角解讀證據。

這起案件的死因未明，除非出現新證據，謎團幾乎不可能解開。或許她會因禍得福，得到隱藏的機會。沒有人替案件中已死的女性發聲，但瑚達能扮演她的辯護人。即使時間短暫，兩週也可以做到很多事。她並不幻想能真的破案，但還是值得一試。不僅如此，她也會有努力的目標。她悶悶地決定每天都要進辦公室，直到「年輕人」來罷黜她。她考慮向人事部門提出正式申訴，抗議她所遭受的待遇，並要求待到年底，不過晚點再來思考也不遲。現在她想把精力導向比較正面的事。

她的第一步是叫出案件檔案，重溫記憶中的細節。一個陰暗的冬日早晨，有人在沃斯里旭斯頓的礁岩海灣發現年輕女子的屍體。雷克雅內斯半島上這段鮮有人居的海岸，位於雷克雅維克南方約三十公里處，瑚達沒去過那個海灣，也從來沒有理由需要去，不過她對那塊區域很熟悉，開車去機場路上經常經過。島上這個角落風大荒涼，熔岩平原長不出樹木，難以抵禦定期從大西洋襲向西南角的暴風雨。

事件過去一年多，已從民眾的記憶中淡去，但一開始吸引的媒體報導也就不多。新聞例行報導尋獲屍體後，焦點便轉向別處，後續發展就很少人注意了。冰島是世上最安全的國家之一，每年只有約兩件謀殺案——有時連一件都沒有——但意外死亡倒是常見許多，記者覺得一一報導沒什麼意義。

瑚達不是介意媒體不聞不問，她是擔心刑事偵查部辦案的同事疑似有所疏漏。她對亞歷山大這位同事的能力向來沒什麼信心。就她來看，他既不勤奮，也不特別聰明，只是靠著頑強個性和長袖善舞，才抓住他在刑事偵查部的位子。要是世界公平一點，她會晉升到他之上——她知道自己更聰明、認真、有經驗——但她仍卡在同一個地方。這種時候，她不禁會感到苦悶的折磨。她願意犧牲一切，只求有權力闖進去，從能力明顯不足的警探手中搶走案子。

亞歷山大對調查興致缺缺，在部門會議上一目了然，他會用無聊的口氣，盡其所能提出證據指稱女子是意外死亡。現在瑚達發現，他的報告寫得非常隨便，對解剖結果的簡單摘要令人失望，最終還加上常見的但書，說屍體從海裡沖上岸，無法判斷是否有犯罪事實存在。不出所料，調查沒有得到有用證據，案件就束之高閣，讓位給其他「更緊急」的案子了。瑚達不禁猜想，如果年輕女子是冰島人，大家的反應是否會不同？如果民眾吵著要看到結果，案子是否會被分派給更稱職的警探？

過世的女子二十七歲，正是瑚達生下女兒時的年紀。才二十七歲，正值花樣年華：她太年輕，不該是警方調查的受害者，不該成為懸案，而且現在似乎沒人想要重啟調查，除了瑚達。

病理報告顯示她在鹹水中溺死。她的頭部外傷可能表示她死前遭遇暴行，但同樣可能表示她跌倒撞昏頭，摔進海中。

死者名叫艾蓮娜，從俄羅斯前來尋求庇護，才在冰島待了四個月。或許瑚達難以放下這起案件的原因，便是大家很快就忘了艾蓮娜。她來到異國避難，卻只落入水中的墳墓，而且沒有人在乎。瑚達知道如果她不把握最後機會，追根究底探索謎團，就沒有其他人會這麼做了。大家會忘記艾蓮娜的故事：她只是個來到冰島然後死掉的女孩。

第六章

瑚達往南開車離開雷克雅維克，以前他們住在奧爾塔內斯海邊的小房子時，每天她都開這段路通勤。自從她賣掉房子、決定再也不回去，已經好幾年沒來過了。隔著海灣，平坦茂綠的半島現在出現在她右側。當年奧爾塔內斯總是感覺像半個鄉下，自成一格的小世界，與四處擴張的大城市雷克雅維克不同。不過她離開後，這兒冒出了全新的社區。

奧爾塔內斯消逝在車後，一併帶走她過去的人生。她專注在目的地：位於雷克雅內斯半島的小鎮奈若維克，靠近凱拉維克機場。她要去申請庇護者住的民宿，根據案件檔案，艾蓮娜過世時住在那兒。

瑚達大可請一整天假回家去。雖然下雨，空氣中仍有一絲春意。進入五月後，你會真的發覺到天多晚才暗，明亮的夜空保證午夜時分仍會有太陽掛在天邊。這是一年中令人對生命充滿肯定態度的美好時節，北方黑暗的冬天逐漸退去，每天晚上都微乎其微地變得更亮一點，直到六月中，黑夜遭到全面放逐。她想起鮮明的回憶，他們在奧爾塔內斯老家度過的壯觀夏夜。他們在後花園有空間好好呼吸，可以看太陽沉落海面，天空燃起橘紅色，岸邊小鳥在柔軟的餘光中歡唱整晚。住在城市大樓的擁擠公寓，四季感覺都一樣，日子交揉成單調的晃影，時間以驚人的高速流逝而去。

彷彿夏天還不夠短似的。仲夏七月，黑暗會開始悄悄回歸，鑽回島民的生活。起初不過是一絲黃昏的蹤影，等到瑚達最不喜歡的八月，黑夜又會逼近，提醒大家冬天即將到來。

不，毛納斯丟下震撼彈後，現在她絕不可能回家了。困在公寓的四面牆內，沒有東西讓她分心，想到失去工作會擊潰她的靈魂，她會徹底發瘋。瑚達從未做好退休的心理準備，總是將之視為僅僅一個日期，一個年份，一個年齡，都是假設。直到今天，一切突然成了冰冷的事實。

她的思緒猛然回到現在。她很感謝雙線道不斷延伸，她便能開在右車道，讓比較沒耐心的駕駛飛馳而過。她開八零年代的斯柯達轎車，當年大多冰島人都開平價的東歐車，通常來自跟冰島交易魚獲的國家，像是蘇聯或捷克。這輛亮綠色的雙門轎車向來加速性能普普，近來越發需要維修。瑚達雖然務實，卻沒有修車技工的本事，幸好她認識一個人，樂於有機會把玩老車，他確保這輛忠心的斯柯達轎車能開上路，至少目前還行。

瑚達很久沒有沿著這段海岸南行了，她鮮少需要去雷克雅內斯半島，就連當地著名的國際機場也不怎麼吸引她。並不是她不喜歡出國旅遊——可惜機會很少——而是她的財務狀況不允許任何出遊計畫。她的警察薪水支付日常開銷後，不足以支應海外度假。以往這種享受唾手可得，她先生自營投資公司，她天真地以為營業額相當不錯，因此他猝死後，她發現他們的財務安全只是假象，真是震驚不已。等到律師釐清他的財務狀況，她繼承的債務竟超過他們的資產。她只得出售美麗的房子，邁入中年才幾乎從零重新開始。過去她把財務的事全交給先生，從未替自己存錢，因此學習在有限的新預算內量入為出並不容易。起初她買了一間小公寓，後來又賣掉，現在住在大廈中稍微大一點的公寓。她運氣實在太差，在金融海嘯前夕用指數型房貸買下這間較好的公寓，導致現在扛了一大筆債，每個月的還款金額高到令人想哭。

瑚達總覺得開到機場的路荒涼又抑鬱。陰暗的熔岩平原往兩側延展，平坦空曠的大地吹著狂風，只在南方給圓錐狀的凱里爾山和其他矮丘擋住，往北則沒入凶險的灰色大海。這塊區域險惡，充滿看不見的火山口和蒸氣雲。冰島在此處橫越兩個大陸板塊的分界，地表下劇烈運作的力量在地面留下疤痕。群山深受登山客喜愛——瑚達也爬過幾座——但除此之外，這片景觀最好從遠處觀賞，不要親自涉足體驗。任誰闖入熔岩平原都可能輕易受傷，就這麼失蹤。

今天半島上倒是陽光普照，不過仍有狂風吹拂，瑚達沿著海灣往回看，仍能看到雨雲低掛在雷克雅維克上空。一排藍色屋頂的白色公寓終於浮現於右側毫無特色的地表，表示到了奈若維克鎮外圍。她下了公路，開進鎮上。小鎮不大，不過她不熟悉路，還是胡亂開了一陣，才終於找到民宿。

她沒有事先打電話告知對方她要來；當時她根本沒想到要聯絡，只是急著離開警局，逃離接獲壞消息後似乎立刻降臨辦公室的壓迫感。她不斷想像走廊上擠滿了人，都在說她閒話。同事都知道她被趕走，她過時了，多餘了，上司拋棄她，好換上更年輕的人才。該死。

櫃台的年輕女子頂多二十五歲。瑚達自稱督察，沒有多解釋她來訪的原因。年輕女子眼睛眨都沒眨。

「喔，好？有什麼事需要我幫忙？妳要跟我們的房客談嗎？」

根據瑚達的調查，這間民宿專門收容尋求庇護的人。環境感覺很不親切，她幾乎能感到空氣中的絕望，瀰漫四方的沉默和壓力。牆壁漆成純白色，完全不會讓人想到家，甚至不像旅館。人們來到這裡，便是在懸而未決的煉獄等待命運揭露。

「不用，我只是想跟負責人講幾句話。」

「沒問題，就是我，朵拉。」

瑚達花了一會兒才理解年輕女子就是民宿經理。「啊，好。」她尷尬地說，羞愧於自己的成見。她完全沒想到不起眼的女孩能經營這間民宿。「有哪裡方便我們私下談嗎？」

朵拉留著棕色短髮，態度公事公辦。她的笑容友善，但眼神銳利，令人不安。

「當然，沒問題。」她說，「去後面的辦公室吧。」

她二話不說站起身，領頭幹練地穿過走廊，瑚達跟在後頭。狹小的辦公室沒有人味，窗戶拉起深色窗簾，頭上一顆燈泡無情照亮少得可憐的家具。桌上沒有書或文件，只有一台筆電。

她們坐下，朵拉仍不發一語，等待瑚達說明來意。瑚達思索適當的用字，開口說：「我過來是因為……我在調查一起死亡案件，一年多以前的事，死者是你們的房客。」

「死者？」

「對，她叫艾蓮娜，來冰島尋求庇護。」

「喔，她。我知道了。可是……」朵拉皺起眉頭，一臉困惑。「我以為結案了。他有打電話給我──負責的警探，我忘記他叫什麼了……」

瑚達告訴她，「亞歷山大。」她一邊想像他的樣子：邋遢、過胖、眼神空洞，老是害她氣得牙癢癢。

「對，亞歷山大，就是他。他打電話來說他要結案了，因為調查沒有定論，而他本人認為是意外，或可能是自殺──艾蓮娜等待申請結果好久了。」

「妳覺得她等的時間長到不正常嗎？據我所知，她在這裡住了四個月。」

「喔不，其實不會，滿正常的。不過我猜等候時間對每個人的影響不同，確實可能造成壓力。」

「妳同意他的看法嗎？」

「我？」

「對，妳。妳相信她是自己溺死的嗎？」

「我不是專家，不知道該怎麼想。負責調查的人不是我，或許他——叫什麼來著的……」

「亞歷山大。」

「嗯，亞歷山大。或許他知道的比我多。」朵拉聳聳肩。

瑚達心想，我非常懷疑。她壓下說出口的衝動。「但妳總有想過吧。」

「這個嘛，當然有，但我們這邊很忙。房客來來去去，她剛好就那樣走了。總之，我沒辦法浪費時間想這種事。」

「不過妳認識她吧？」

「也還好，沒有比其他房客熟。我跟妳說，我是做生意的，靠這個維生，所以我必須專注在每天的營運管理。房客或許覺得生死交關，但我只是努力經營民宿而已。」

「其他房客可能比較了解她嗎？」

朵拉看來想了一下。「現在大概很難找到人了。我說過，房客總是來來去去。」

「好吧，我確認一下：妳是說艾蓮娜在世的時候，目前的房客都不住在這兒？」

「喔，這個嘛，總是有可能……」

「妳可以查查看嗎？」

「我想可以吧。」

朵拉打開電腦，點起滑鼠。她終於抬起頭。「兩個伊拉克男生，他們還在，妳等一下可以去找他們。還有一個敘利亞女生。」

「我也可以見她嗎？」

「大概沒辦法。」

「為什麼？」

「她出去不知道哪裡了，她的律師剛才過來，我想他們進城去雷克雅維克了。她的案子有些進展，也好啦，不然她成天都關在房間裡等，甚至很少下來吃飯。我只知道這些──當然律師什麼都不告訴我──但我光看他們，就猜到有事了。希望是好消息，不過這種事總是說不準。」

「我們談談艾蓮娜吧。她表現如何？她的申請狀況呢？」

「我完全不知道。」

「有律師負責她的案子嗎？」

「嗯，我想有——不過就算我知道，我也不記得是誰了。」

「好吧，妳有概念可能是誰嗎？」

「通常都是同樣幾個人。」朵拉拋出三個名字，瑚達趕忙記下來。

「我能看看她的房間嗎？」

朵拉問道，「為什麼警方又來查這個案子？」

瑚達失去耐心，對她大聲起來，「妳就給我看她的房間好嗎？」

「好啦，好啦。」朵拉氣呼呼地說，「有點禮貌又不會少一塊肉。牽扯上這種事，可不是開玩笑的。」

「妳有涉案嗎？」

「唉唷，妳懂我的意思。她的房間在樓上，但現在有人住，我們不能直接闖進去。」

「妳能至少看看他在不在嗎？」

朵拉大步走出辦公室，穿過走廊爬上樓梯，瑚達匆忙跟上。朵拉經過幾扇門，最後停在一扇門前，敲敲門。一名年輕男子應門，朵拉用英文解釋警察想看他的房間。男子明顯很緊張，結巴著問：「他們要送我回去？」他重複問了幾次，朵拉才成功向他保證，警察來訪跟他無關。他如釋重負，差點哭了，接著不情願地點頭。瑚達知道，依法他沒有義務放她們進去，不過面對外國警方代表，這名可憐的男子不太可能堅持他的權利。她很羞愧這樣逼迫他，但為了結果，手段的瑕疵可以寬恕。她的時間不多了。

進房後，瑚達問朵拉，「她會說英文嗎？」現在的房客仍尷尬地站在走廊。

「什麼？」朵拉回過頭。

「那個俄國女孩，艾蓮娜。」

「一點點。她可能聽得懂一些，但沒辦法用英文交談，只能用俄文。」

「所以妳才跟她不熟嗎？」

朵拉搖搖頭，似乎覺得好笑。「喔不，不管他們說哪國話，我都跟他們不熟。」

「這房間不大。」

朵拉說，「我不是在經營豪華旅館。」

「她自己住一間房嗎?」

「對。如果我沒記錯,她不太惹麻煩。」

「不太惹麻煩?」

「對,不鬧事——妳懂我的意思。不是每個人都能忍受長期等待,很難熬的。」

牢房般的狹長房內有一張床、小桌子,還有衣櫥。除了床上的運動褲和桌上吃到一半的烤土司三明治,房內沒什麼個人物品。

瑚達隨口問道,「沒有電視?」

「我說過了,這裡不是豪華旅館。樓下交誼廳有電視。」

「她有可能留下一些個人物品嗎?」

「抱歉,我不記得了。如果房客消失不回來,我通常會丟掉他們的東西。」

「或者,如果他們死掉。」

「對。」

房間裡乍看沒什麼發現。瑚達又迅速環視周遭一番,就為了站在過世女孩的角度來看,了解她最後幾個月的生活:漂流到陌生國度,住進不友善的民宿,沒有人會說她的母語,她又困在小房間的四面牆內,就像瑚達偶爾覺得像自家公寓裡的囚犯，孤苦伶仃，沒有家人，沒人關心她。沒人關心她——沒有比這更糟的感覺了。

瑚達閉上眼短短一秒，試圖吸收四周的氛圍，卻只聞到蘑菇湯的味道從廚房飄散到整棟房子。

第七章

瑚達離開前，跟來自伊拉克的兩名男子聊了一下。負責說話那位英文不錯，他們在冰島住了超過一年，看來很感激有機會跟警察說話，顯然把她視為主管機關的代表。瑚達還沒問她想問的問題，就被迫先聽他們連珠炮般抱怨申請案件的處理方式，以及他們必須容忍的待遇。等她終於能插話，她發現他們確實記得艾蓮娜，但只是因為她意外猝逝。原來他們沒跟她說過話，畢竟他們不會俄語，因此再問下去也沒什麼意義了。

瑚達離開時經過櫃台，她向朵拉道謝，並請朵拉在敘利亞女子回來時聯絡她，不願放棄房客可能知道什麼的渺小機會。朵拉向她保證，「我會聯絡妳。」不過瑚達並不奢想她會優先處理這件事。

四十五分鐘後，瑚達回到雷克雅維克。她把車停在警局外面，但不真的打算進去，於是她開始調查艾蓮娜的申請案由哪名律師負責。她只打了幾通電話，就知道她要找的是一名中年律師，他曾替警方工作數年，才離開去開業。他馬上就想起瑚達。

「我不確定還能多告訴妳什麼，」他用友善的口氣說，「但歡迎妳過來。妳知道我們事務所在哪裡嗎？」

「我找得到。我可以現在過去嗎？」

他說，「非常歡迎。」

結果，律師事務所位於市中心樸實的辦公室，連櫃台都沒有。亞伯．亞伯森親自出來迎接瑚達，他似乎看穿她的想法：「我們編制不大，」他解釋，「就別浪費錢鋪張了，需要做什麼大家就一起幫忙。總而言之，很高興再見到妳。」

亞伯向來態度隨和，語氣溫暖適切，像深夜電台主播，襯著療癒的背景音樂，跟聽眾聊天。再怎麼樣也不會有人說他長得好看，但他的臉能贏得信任。

相較於朵拉在民宿毫無生氣的空蕩狹小工作區，亞伯帶她走進的辦公室差了十萬八千里。牆上掛著畫作，辦公桌旁的架子上擺著照片，視線所及的平面都疊滿高聳的文件。瑚達感到一絲壓迫感，這房間顯得有點誇張，彷彿想掩飾亞伯或許根本沒那麼多工作。比起辦公室，那些照片和畫作更適合擺在家裡。除非他真正的家只在這裡？

他們坐下後，他問道，「妳接手了這個案子嗎？」

瑚達幾乎沒有遲疑：「對，目前是。」

「有什麼進展嗎？」

「現階段我無法回應。」她回答，「當初調查時，亞歷山大有跟你談過嗎？」

「嗯，有喔。我們開過一次會，但我覺得沒能幫他多少忙。」

「你是從頭處理艾蓮娜的庇護申請嗎？」

「沒錯，我負責很多這種人權相關的案子。當然是跟其他工作並行。」

「你能跟我說明她的案件背景嗎？」

「這個嘛，她在冰島申請庇護的理由是她在母國俄羅斯受到迫害。」

「可是她的申請不順利？」

「什麼？不，剛好相反，我們頗有進展。」

「到什麼程度？」

「政府都要同意她的申請了。」

瑚達完全措手不及。「等一下，你說政府要提供她庇護？」

「對，已經排進程序了。」

「她知道嗎？」

「嗯，當然。就是在她過世前一天聽說的。」

「你有告訴亞歷山大嗎？」

「當然，不過我看不出來有什麼關聯。」

亞歷山大「忘了」在報告中提到這件事。

瑚達提醒他，「這個嘛，這樣她自殺的可能就降低了。」

「未必。」亞伯反駁道，「申請過程會對申請人造成莫大的壓力。」

「你覺得她感覺如何——我是說整體來看？她個性開朗嗎？還是容易憂鬱？」

「很難講，」亞伯在桌面上傾身向前。「很難講。」他重複一次，「因為她幾乎不會說英文，我又不會俄文。」

「所以你們找了口譯員？」

「對，必要的時候。申請程序需要很多文件。」

瑚達喃喃說，「或許我應該跟口譯員談談。」比起對亞伯說話，她更像在自言自語。

「如果妳覺得有幫助，他叫拔許圖，住在鎮上西區，在家工作。資料都在檔案裡，妳想要可以借走。」

「謝謝，太棒了。」

「她有音樂天分。」亞伯突然補上，彷彿剛好想到。

「音樂天分？」

「對，我看得出來她熱愛音樂。我的合夥人把吉他放在辦公室，艾蓮娜有一次拿起來，彈了幾首曲子給我們聽。」

瑚達問道，「你對她還有什麼了解？」

「別的嗎……？沒什麼了。」亞伯回答，「我們對庇護申請人其實了解不多，我也盡量不投入情感。妳也知道，他們通常都會被遣返。」他靜了一會兒，然後補上：「可憐的女孩，這整件事都很悲哀，不過自殺總是很悲哀。」

「自殺？」

「對。這不是亞歷山大調查的結論嗎？」

「對，沒錯。亞歷山大的結論。」

第八章

「我以為已經結案了。」口譯員拔許圖坐在辦公椅上，椅子老舊搖晃，肯定是八零年代的產品。「不過如果還沒結案，我很樂意盡量幫忙。」

「謝謝。當時亞歷山大有跟你談過嗎？你有提供他任何資訊嗎？」

「亞歷山大？」拔許圖頂著一頭帥氣金髮，表情倒是一片茫然。他的名字取得很好，拔許圖是「光明」的意思。他們坐在改裝車庫裡，車庫連接獨棟小屋，位處鎮上西邊的富裕社區。房子三面環海，雖然風大，但環境舒適。瑚達抵達時按了大門門鈴，一名年長女子指引她到車庫，說「拔許圖的辦公室在那兒」。室內沒有椅子給訪客，瑚達只好靠坐在老舊的床緣。床上堆滿書，她從書背的文字判斷，很多都是俄文書。來訪前她有致電告知，但拔許圖似乎沒花時間整理房間。地上散落一疊疊文件、健行鞋和披薩盒，有個角落堆了一堆髒衣服。

她解釋，「亞歷山大是我在刑事偵查部的同事。」她覺得嘴中彷彿嘗到臭味。「他負責調查這起案件。」

「喔，好吧，我沒見過他。妳是第一個來問我這件事的。」

瑚達感到苦澀的怨懟又在心頭燒了起來。她理應晉升到亞歷山大之上，要是可以，她早就叫他捲鋪蓋走人了。

「怎麼了？」拔許圖的問題打斷她的思緒，「有找到新證據嗎？」

瑚達端出先前告訴律師的答案：「現階段我無法回應。」其實除了直覺，她沒有別的事證，但她不需要承認事實。況且一天下來，她的信念越來越強。重啟調查的決定沒錯：不管艾蓮娜的死因為何，當初的調查明顯鬆散草率，丟臉極了。「你經常跟她見面嗎？」

「還好，不算很常。有這種工作我就接，不會太辛苦，薪水又不錯。只靠筆譯很難過活。」

「但你還過得去？」

「勉強。我滿常替俄國人口譯，有些人的狀況就像……呃……」

瑚達替他補上，「艾蓮娜。」連拔許圖都不記得她的名字。大家這麼快就淡忘了這女孩在冰島的蹤跡，真是了不得：看來沒有一個人在乎她。

「艾蓮娜——當然。對，我時不時會替他們這樣的人口譯，不過主要還是當俄國旅客的導遊，帶他們參觀景點。有些旅客家財萬貫，所以薪水也不錯。除此之外，我偶爾也會翻譯短篇故事或書籍，甚至自己寫作——」

「你對她的印象如何？」瑚達打斷他，「她感覺像會自殺嗎？」

「聽妳這樣問，」拔許圖沒能如願大談自己的事，於是說，「很難判斷，可能會吧。可想而知，她在這兒並不快樂。不過不是……我是說，死因總該是自殺吧？」

瑚達帶著不合理的自信說，「其實不一定。」她隱約覺得口譯員有所隱瞞。關鍵在於不能對他施加太大壓力：她只要耐心等候，讓他自己敞開心胸。她問道，「你在俄國唸過書嗎？」

話題突然改變似乎讓他有點措手不及。「什麼？喔，對，在莫斯科國立大學。我愛上了那座城市，和當地的語言。妳有去過嗎？」

瑚達搖搖頭。

「那裡很棒，妳有機會應該去看看。」

「好。」瑚達知道她永遠不會去。

「很棒沒錯，但也充滿挑戰。」拔許圖繼續說，「對旅客來說困難重重。一切都很陌生：語言、西里爾字母。」

「不過你的俄文很流利吧？」

「喔，當然。」他輕鬆地說，「不過我很多年前就抓到訣竅了。」

「所以你跟艾蓮娜溝通沒問題？」

「問題？沒有，當然沒有。」

「你們都聊什麼？」

「其實沒什麼。」他承認，「主要是她跟律師開會時替她口譯而已。」

「他提到她對音樂有興趣。」瑚達想辦法讓對話繼續下去。

「喔對，沒錯。其實她跟我提過呢，她會作……她生前會作曲。她在俄國沒有機會以此為生，但她的夢想就是到這兒當作曲家。她在律師事務所替我們表演過一首曲子，挺不錯的——呃，應該說不差啦。可是她的打算根本不切實際，沒有人能在冰島當作曲家過活。」

「跟當翻譯差不多嗎？」

拔許圖笑了，但沒有中她的計。他頓了一下，接著說：「對了，其實還有一件事……」

瑚達鼓勵般問道，「還有一件事？」從他的表情，她看得出來他還拿捏不定要不要說。

「不過妳最好別說出去。」

「別說出去什麼？」

「我跟妳說，我不想扯上任何麻煩……我不能……」

瑚達用她最友善的聲音問道，「怎麼了？」

「只是她說過……對了，我是私下跟妳說，不能公開喔。」

瑚達逼自己客氣地笑，忍住衝動沒有指出警察和記者不同。雖然她不打算給任何保證，她仍保持專業的沉默，不想嚇跑他。

她的計策奏效了。遲疑一會兒後，拔許圖繼續說：「我覺得她可能在賣身。」

「賣身？妳是說她在當妓女嗎？」瑚達問道，「你為什麼會這麼想？」

「她告訴我的。」

瑚達生氣地說，「報告裡從來沒提到這件事。」不過她的怒火大半是針對不在場的亞歷山大，不是拔許圖。

「對，不會提到。我們第一次見面她就告訴我了，但她堅持不希望別人知道。我感覺她很害怕。」

「怕什麼？」

「妳是說怕誰吧。」

「對方是冰島人嗎？」

「我不確定。」他躊躇一下，似乎在思考。「其實啊，聽她這麼說，我覺得她被帶來冰島就是要做這件事。」

「你說真的嗎？你是說她申請庇護只是幌子？」

「有可能。她講得有點模糊，但很明顯她不希望消息走漏。」

「所以她的律師不知情？」

「我認為他不知道。我替她保密，當然什麼都沒跟他說。」一會兒後，他有點愧咎地補上：「直到現在。」

瑚達質問，「你怎麼沒告訴任何人？」她沒打算口氣這麼嚴厲。

拔許圖又頓了一下，然後給了個差強人意的答案：「沒有人問我。」

第九章

年輕母親一如往常走路回家，但今晚她異常疲倦。她在博格飯店辛苦了一天，天氣陰鬱沉悶，風雨徒增累贅。她在市中心這間著名飯店工作，職掌頗不明確；有時他們要她打掃客房，有時她在餐廳和酒吧幫忙，往往工作到深夜。只要不影響她訪視女兒，派給她任何輪班時段她都接受。

今天是十二月一日，大家都在歡慶國家主權節，紀念三十年前的一九一八年，冰島自丹麥取得部分獨立地位。晚上學生聚集在飯店舉行派對，大家歡唱、演說，知名詩人托馬斯．古德蒙德松（Tómas Gudmundsson）也朗誦了一些他的作品。

聖誕節快到了，她想替女兒買禮物，但不確定該買什麼好。她只知道一定要很特別，而且她需要錢買禮物。老劇院正在上演克拉克．蓋博主演的電影《繁榮小鎮》，她很想看，但大概要放棄了。她得把每一分錢都存下來給女兒。

她多麼忌妒今晚那些年輕學生，多麼渴望成為他們的一員。她知道她有潛力闖蕩天下，但她永遠沒有機會發揮了。冰島應該是無階級社會才對，全民都應該平等，沒有上層、中產、下級社會之分，每個人成功的機會都該均等。但她知道這只是迷思；她永遠不可能超脫現況，只能做低薪工作，欠缺保障。她是出身窮困的單親媽媽，毫無機會。

然而她下定決心，她的女兒不會面臨同樣的狀況。

第十章

拔許圖透露的資訊將瑚達的調查——如果這能稱之為調查的話——導向全新的方向。這可是重大發現。她不僅揭發亞歷山大的查案態度極為敷衍，還發現這名俄國女孩之死，要從新的角度檢視。現在該想的是，瑚達何時要知會上司這項新發展。目前毛納斯甚至不知道她選擇重啟哪一件懸案，他想必忙著慶祝自己俐落趕走她吧，就算想到她，也會假定她坐在辦公桌前，伏案檢視舊的警方檔案，消磨時間，看不停歇的時鐘走向她退休的那一刻。

其實，在早上那場改變一切的會議後，她就沒有靠近刑事偵查部了。她很訝異，日子過得比她擔心的快多了：四處跑來跑去，她都沒時間沉溺於自怨自艾，等晚上再說吧。不對——今晚她打算早早就寢，好好睡一覺，清空腦袋，接下來該怎麼做都等早上決定。屆時她再判斷自己有沒有精力——和勇氣——全心投入俄國女孩的案子，或者應該舉手投降，開始適應退休人生，坦承她的警察生涯結束了，不再抵抗必然的結果，不再追逐或許從不存在的幻象。

不管她最終怎麼決定，都有一件事需要了結。她在母親舒適的舊椅子坐下，拿起電話，審慎考慮了一下，暫時沒有打給昨天她審問的不幸護士。女子開車撞倒邪惡的戀童癖混帳，因為緊張與愧疚，訪談期間抖得像落葉一般。現在她一定獨自飽受煎熬吧，非常擔心要與兒子分離，過上數年的牢獄生活。畢竟她自白了。然而目前為止，瑚達不但尚未寫好她們訪談的正式報告，她甚至對上司撒謊，說案子距離破案尚早。打電話給那可憐的女子前，她必須跟她的良心爭辯，是要繼續撒謊，拋下常規，免除這對母子遭受更多不公的對待，還是在報告寫下事實，儘管明知此舉幾乎必定會讓這位母親身繫囹圄。

其實答案一直都很清楚：瑚達能選的做法只有一項。

女子名下登錄有手機和住家電話。她沒有接手機，家裡電話響了好久，她才接起來。瑚達自我介紹：「我是刑事調查部的瑚達．赫曼朵蒂。我們昨天談過話。」

「喔……對……沒錯。」女子聲音哽咽，顫抖著深吸一口氣。

「我重新審視了事件。」瑚達刻意用上正式的警察用語，撒謊道，「結論是警方沒有足夠證據能定罪。」

女子結巴道，「妳……妳的意思是？」她聽起來像在哭。

「就妳的部分，我不打算進一步追查下去了。」

話筒那端傳來震驚的沉默，接著女子啞聲說：「可是我……我告訴妳的事呢？」

「繼續追究下去，拖妳上法庭，沒有任何意義。」

沉默再次降臨，然後女子說：「妳……妳是說妳不會……逮捕我？自從……自從我們談過，我……我就一直發抖。我以為我要——」

「別說了，我不會逮捕妳。看在我要退休了，運氣好的話，妳應該不會再聽到這件事了。」**退休**。她第一次說出口，字詞在她耳中古怪地迴響。她再次驚覺，這個人生里程碑早就在預期之內，她卻毫無準備，真是荒謬極了。

「其他……妳在警局的同事呢？」

「別擔心，我不會在報告中提到妳有自白。當然我無法預測離開後案子會怎麼發展，但就我而言，我訪談妳時，妳沒有坦承任何事。我說的對嗎？」

「什麼？喔，對，當然。謝謝妳……」

冥冥中有個感覺讓瑚達補上一句：「別誤會了：這不會免除妳的愧疚。或許我能理解妳這麼做的理由，但妳仍需要背負後果活下去。不過我認為把妳關起來，奪走妳兒子的母親，只會讓狀況更糟。」

「謝謝妳。」女子用誠摯的口氣再說一次，她的啜泣聲清楚傳過電話線。「謝謝妳。」她又喘著說了一次，瑚達才掛上電話。

忙起來或壓力大的時候，瑚達經常忘記吃飯，現在她得確保自己有吃點東西。她的晚餐跟昨晚一樣：起司三明治。自從勇恩過世，她就放棄煮飯了。起初她還努力過，但隨著日子過去，她習慣了獨居，便湊合著中午在員工餐廳吃熱食，晚餐大概就吃速食或三明治。

她一邊聽廣播新聞，一邊吃簡單便餐，途中電話響了。看到來電名稱，她一時衝動想忽略，但習慣和責任感促使她還是接了。他連名字都懶得報就直接開講，果然符合他的個性：亞歷山大向來沒禮貌。他怒氣沖沖地說，「妳在搞什麼鬼？」她想像他在話筒另一端的樣子：表情扭曲，雙下巴，緊皺的粗眉下方眼皮下垂。

她不會任憑自己的心情被他擾亂。她盡可能用正常的聲音問，「你在說什麼？」。

「少來了，瑚達，妳我都很清楚。老天，就是那個自殺淹死的俄國女孩。」

「你連她的名字都不記得？」

他顯然沒料到這個問題，好一會兒說不出話，很不像他。不過他很快就重振旗鼓。「有什麼關係？我想要——」

瑚達打斷他。「她的名字叫艾蓮娜。」

「我才不管！」他拔高聲量，臉肯定漲成了深紅色。「瑚達，為什麼妳要來管閒事？我以為妳離職了。」

所以消息傳開了。

她平靜地說，「你一定聽錯了。」

「喔？我聽說……」他想想又不說了。「算了。為什麼妳要來管我的案子？」

瑚達說，「毛納斯請我幫忙。」這有點扭曲事實，不過無所謂。

「妳想故意暗中搞我，就是這樣。我早就處理好那個案子了。」

瑚達冷靜地說，「你的做法完全沒替你加分。」

「我的調查才沒問題。」亞歷山大咆哮，幾乎是尖叫了。「那個可憐的小妞要被遣返，就投海自殺了，結案。」

「才不是呢，她申請庇護快通過了，她也知情。」

話筒那端突然靜下來。一會兒後，亞歷山大氣急敗壞地說：「什麼？妳在講什麼？」

「離結案還早呢，就這樣。你打擾我吃晚餐了，如果沒別的事……」

他惡毒地說，「打擾妳吃晚餐？最好是啦——妳不過就孤零零在電視前吃三明治。」祭出最後一擊後，他掛了電話。

太沒品了。她確實總是一個人；一群男人中唯一的獨身女子，她的男同事大多都結婚了，要不是初婚，就是再婚，姻親家族都很龐大。她不是第一次聽到這種話，在她的職場確實難免，就像不雅的笑話和直白的霸凌。她知道她跟人互動可能渾身帶刺，但她必須厚著臉皮才能存活，結果男人似乎覺得有權利隨意攻擊她。

她應該要能忽視亞歷山大惡毒的挖苦，然而為了證明他錯了，她決定打電話給健走社的彼得。她依然把他當作朋友，而非男友——他們的關係感覺太清純，不符合這個說法。每當他們在一起，她總希望能年輕二、三十歲，踏出下一步才不會那麼難，可以從禮貌輕啄臉頰，進階到更親密的接觸。不過有時跟他通電話，她也會害羞得像少女一樣；她認為這代表他們的關係走在正軌上，或許她確實想更進一步。

一如往常，他很快就接起電話，口氣依然輕快機靈。

「我在想，」她羞怯地說，「那個，我在想今天晚上你要不要過來喝咖啡。」話一說出口，她就發現意思可能遭到誤解。突如其來邀請男人來喝咖啡……她想補上她沒有邀他過夜，但她咬住嘴唇，希望他沒有對她的提案想太多。

他毫不遲疑就回答，「我很樂意。」他做事果斷，從不糾結細節或小題大作，都是瑚達欣賞的特質。不過這對他們還是很大的一步，畢竟她從未邀他來過她的住處。她心想，難道她覺得她的公寓很丟臉嗎？相較之下，他們在奧爾塔內斯的老家有大窗子和大花園——對，可能吧。不過主因仍然是她在身邊築起的隱形高牆，一直不願為他卸下心防，直到現在迫切需要陪伴，她才決定冒險。

他問道，「我應該現在過來嗎？」

「嗯，當然，你方便的話就太好了。」她跟他說話很沒自信，真是荒謬，很不像她。通常她都能掌控好生活中的一切。

「沒問題。妳住哪裡？」

她說出她的地址，最後說：「四樓，電鈴上有我的名字。」

他說，「我馬上過去。」他沒說再見就掛了電話。

當她開門，彼得第一句話就說，「妳終於邀我來了。」他年近七十，比瑚達年長幾歲，但老得優雅，比真實年齡看來不顯年輕也不顯老，不過白鬍子倒給他一點爺爺的感覺。瑚達一時忍不住猜想，勇恩活到七十歲會長什麼樣子。

她幾乎還沒意會過來，彼得就進了起居室，安坐在她最喜歡的椅子上。瑚達感到一絲不悅：母親的扶手椅是她的位子，不過她當然沒說出口。她很高興他過來，很開心有人想跟她共度夜晚。她盡力去習慣孤獨，但真的沒什麼能取代另一個人的陪伴。她偶爾會嘗試自己出去，到餐廳吃午餐或晚餐，但她總是感到尷尬不自在，所以現在她通常在員工餐廳或獨自在家用餐。

她問他要不要咖啡。

「謝謝，不加牛奶。」

彼得是醫生。六十歲時，他的妻子生病，他便提早退休了。他沒有告訴瑚達細節，只說他們最終一起度過幾年美好的時光。這一點資訊對她就夠了；她不想逼他重溫悲傷，也希望他同樣諒解，不會要求她扒開舊的傷疤。她只告訴他，勇恩在五十二歲猝死，並補上理所當然的一句，「英年早逝。」

彼得隨和的外表下隱藏一絲鋼鐵的意志，瑚達猜測這樣的組合讓他很適合當醫生。他顯然過得不錯。她拜訪過他在法斯沃格高級社區的大房子，屋內寬敞，天花板高挑，客廳擺放美麗傢俱，牆上掛著油畫，書櫃上陳列各式各樣的書籍，房間正中央甚至有一台平台鋼琴。自從看過他的房子，她便幻想住在那兒，安居在充滿文化氣息的家，待在優雅的客廳度日。她可以賣掉她乏味的大樓公寓，用那筆錢還清債務，在好社區的大房子享受舒適的退休生活。不過這當然不是她想搬過去的主因；其實是有彼得陪伴她感覺很好，她逐漸意識到她或許終於準備放下過去，在孤獨這麼多年後，願意投入另一段感情了。

「我今天可精采了。」她說完走進廚房，端來事前泡好的咖啡。

她回到擁擠的起居室，將一個杯子交給彼得。他笑著道謝，等她繼續說下去，渾身散發耐心和同情。他是外科醫生，但她認為他若是當心理醫生也會很優秀：他懂得如何傾聽。

當沉默變得令人不太自在，她說，「我不工作了。」

「這本來就在規劃之中吧？」他說，「我跟妳講，沒有聽起來那麼糟。妳會有更多時間培養興趣，更多時間享受人生。」

她心想，他當然知道怎麼做。她允許一瞬間的忌妒蒙蔽她的思緒。身為一帆風順的醫生，他老年不需要面對任何財務問題。

「對，本來就有在規劃，」她低聲同意，「但時候還沒到。」最好誠實以告，不要試圖美化事實。「不瞞你說，其實是上司叫我走人，我只剩兩個禮拜了。他們雇了一個小男生取代我。」

「老天。妳都沒有抗議就接受了？聽起來不像妳。」

「這個嘛。」她暗自咒罵自己，毛納斯宣布消息時怎麼沒有多加反抗。「至少我從上司手中搶下最後一個案子，當作收尾。」

「這還差不多。案子有趣嗎？」

「是個謀殺案……我認為啦。」

「妳說真的？兩週要偵破謀殺案？妳不擔心破不了案，退休後會心神不寧？」

她沒有想到，不過彼得說的有道理。

「現在來不及放棄了。」她的口氣沒什麼自信。「況且還沒完全確定是謀殺。」

「什麼樣的案子呀？」他聽起來真的很感興趣。

「有個年輕女子陳屍在沃斯里旭斯頓的海灣。」

「最近嗎？」

「一年多以前了。」

彼得皺起眉頭。「我沒印象。」

「當時沒有多少媒體報導。她是來申請庇護的。」

「申請庇護……嗯，我絕對沒聽過。」

瑚達心想，沒多少人聽過。

他問道，「她怎麼死的？」

「溺死，但屍體上有傷痕。當初負責的警探判定是自殺——我必須說，他不是我們局裡最厲害的成員——但我不太確定。」

她很滿意今天的進度，便跟他大略分享了她的發現。然而她很失望看到彼得一臉懷疑。

「妳確定，」他遲疑地說，「妳確定妳沒有誇大案情，凌駕事實？」

他直白的態度讓瑚達有點震驚，卻又有些欣慰。

「嗯，我真的不確定。」她坦承，「不過我下定決心要追查到底。」

他說，「好吧。」

時間不早了。幾小時前，他們從咖啡換到紅酒。彼得待得比預期久，瑚達非但不想抱怨，還很歡迎他的陪伴。烏雲終於散去，讓太陽露臉，室外天空明亮，看不出時間多晚了。

喝酒不是瑚達的主意。彼得喝完咖啡後，問她家裡是否剛好有一點白蘭地。她道歉說沒有，不過應該有幾瓶紅酒。

他說，「聽起來不錯，對心臟很好。」她怎麼會質疑醫生的話呢？

「我覺得有點奇怪，」彼得開口試探，小心翼翼評論，「妳都沒有擺飾家庭照。」

他的觀察讓瑚達大吃一驚，但她試著輕鬆說：「我向來不喜歡那些東西，我也不知道為什麼。」

「我想我懂。我家裡八成擺太多我太太的照片了，所以我要放下她才花了那麼久吧。我真的是陷在往事裡了。」他嘆了一口氣。他們喝到第二瓶酒了。「妳的父母呢？兄弟姊妹？也沒有他們的照片？」

瑚達說，「我沒有兄弟姊妹。」她沒有馬上繼續說，但彼得啜飲他的酒，耐心等待。「我和媽媽一直沒有很親。」她終於開口，彷彿在解釋為何缺少照片，即使她沒道理要找藉口。

「她過世多久了？」

「十五年。沒有很老，才七十歲。」瑚達知道很快她就會是那個年紀了，真可怕：只剩五年。過去五年一眨眼就過了。

彼得飛快心算一番，然後說，「她生妳的時候一定很年輕。」

「二十歲……不過在那個年代，我想不算特別年輕了。」

「妳父親呢？」

「我沒見過他。」

「真的？他在妳出生前就過世了？」

「不是，我只是不認識他——他是外國人。」她的思緒往回飄。「其實很多年前，我曾經出國試著找他，但那是另一回事了……」

她客氣地向彼得微笑。她能容忍這些私人問題，卻不太感興趣。他必然期待她禮尚往來，詢問他的家人和過去，讓他們更加親近。然而她不會問，還不到時候。她覺得夠了解他了：他的妻子過世，現在獨居（房子對他來說太大了）。更重要的是，他感覺正派善良，誠實可靠，這對瑚達就夠了。

「嗯。」他打破沉默，聽起來有點微醺。「我們是兩個孤單的靈魂呢。有些人很早就決定……要孤獨一人。但我們的話，我覺得是命中注定。」他頓了一下。「我和太太刻意決定延後生小孩——結果等到太晚了，來不及改變主意。最後的時候，我們經常討論我們是否做錯了決定。」一會兒後，他補上：「我不相信遺憾：人生就是這樣，有一定的走向。雖這麼說，我還是希望人生到這個階段沒這麼孤單。」

瑚達沒料到他會這麼坦白，她不知道該說什麼。短暫沉默後，彼得繼續說：「我不知道你們為何膝下無子，也沒有要過問的意思。不過這種事，這種決定，都對我們的生活有重大影響，非常重要，真的很重要。妳同意嗎？」

瑚達點點頭，小心翼翼瞥向時鐘，再看向酒瓶。彼得懂了她的暗示：該說晚安了。

第十一章

不管多忙，她總會準時去探視女兒。每週兩次，一天都不曾錯過。不管雪下得多大，暴風雨多強，甚至連生病都無法阻止她，畢竟隔著玻璃，她不會傳染給她的寶寶。訪視時程已經害她被冷漠的雇主盯上兩次，第二次公司就叫她走人了。但她要以女兒優先。

至少從外表來看，小女孩快速成長。她的兩歲生日快到了，以這個年齡來說，她長得又高又健康，但她眼中帶著疏遠的神情，令母親擔心。

或許在心底，她知道時間過太久了：她的探視沒有任何效果。分離兩年期間，連結母女的隱形羈絆在某處斷了。或許在頭一天，當她被迫把女兒交到陌生人手中，那道羈絆就斷了。她的父母羞於女兒未婚生子，想掩蓋醜聞，覺得這麼做最好。他們給她殘酷的選擇：她可以把孩子送去領養——她絕不會考慮——或是「一開始」先把孩子送去照顧幼兒的機構。

她生產時還住在父母家裡，又沒有錢搬出去，因此她的選擇很簡單：既然她不考慮永遠放棄孩子，第二個選項感覺是兩害取其輕。

完成國民教育後，她沒有取得其他學位或證照，現在想彌補似乎太晚了。況且她的父母從未鼓勵她升學，反而把期待都放在她弟弟身上，現在他在念雷克雅維克大學。

不過情況即將改變。她工作兩年，存了一筆錢，雖然她還跟父母同住，但不用多久，她就有錢能搬進自己的公寓。到時候她就能實現長年的夢想，從機構接回女兒。

她跟父母的關係越發緊繃。她意外懷孕時，起初太過麻木，無法反抗，只能任憑他們指使她的人生。現在她擔心她永遠不能原諒父母逼她與孩子分開。回首過去，她無法理解自己為何同意這麼做。

她只希望她的小女兒能好心原諒她。

第十二章

瑚達在彼得的臉頰上清純一吻，與他道別，然後回到起居室，搶回舊扶手椅。她太過浮躁，無法馬上就寢，無法獨自在黑暗中，只與自己的思緒作伴。太多事在她腦中盤旋，等著撲擊，一件比一件令她心煩意亂。

俄國女孩仍占據她的心頭，不過先前和彼得喝酒時，她把這件事推到一旁。紅酒——對了，酒還剩一些，沒道理浪費。瑚達探向酒瓶，把殘酒倒進玻璃杯。俄國女孩……但想到艾蓮娜，不免讓瑚達回頭想起年輕女孩的死亡案件為何落到她手上：今天她形同收到解雇通知，必須清空辦公室，像老垃圾給掃到一旁。

為了分心，她轉而去想彼得。但想他也不妙，因為她不願冒險，對他們的未來發展投注太多希望。他今天來這一趟都很好，但現在他們必須踏出下一步。她不想失去他，但她害怕如果她步調太慢，可能反而會關上機會之窗。況且務實來看，她還會有多少機會？

她進退兩難，只能茫然盯著酒杯，偶爾啜飲紅酒，直到腦中陰暗的角落偷偷爬出她不願去想的身影，她從未停止去想的身影：勇恩和她的女兒。

她終於感到眼皮變重，知道她夠累，可以上床了。她確知她能好好睡去，不會遭到內心的惡魔無謂打擾。

她難得關掉放在床頭櫃的鬧鐘。多年來，鬧鐘都準時在平日早上六點喚醒她，幾乎沒有例外。好吧，這回鬧鐘可以休息了，瑚達也是。她沒有多想，就把手機也關成靜音。她很少這麼做，她的工作非常重要，她喜歡日夜都能保持密切聯絡。複雜的警方調查不可能總是在日常上班時間內完成，或許從來不可能。

她閉上眼睛，讓自己飄浮進入夢鄉。

第二天

第一章

瑚達震驚地發現，時間已經將近十一點了，她不記得自己上回睡到這麼晚是在何時。臥房的燈一如往常亮著，她不喜歡在黑暗中睡覺。

她不可置信，又檢查鬧鐘一次，但絕對沒錯。一定是她平常積累的倦意找上她算帳了。她躺在床上一會兒，享受難得不需要趕時間的機會。這時昨晚夢境的片段重新浮現，艾蓮娜出現在她夢中：瑚達記得她回到奈若維克，回到民宿不舒適的小牢房。她記不起所有細節，只覺得夢境令人不安，不過沒有幾乎每晚重複的惡夢糟糕。那個惡夢實在駭人，偶爾她驚醒時還會喘不過氣。駭人的原因不是她想像力太旺盛，而是因為每個細節都重現瑚達永遠無法忘記的真實事件，她再怎麼努力都忘不了。

她坐起身，深吸一口氣，驅散這些幻影。現在她需要一杯很濃的好咖啡。

她意識到或許她真的能習慣不工作。沒有責任，沒有鬧鐘，住在四樓公寓，度過單調但舒適的退休生活。

只是她不打算習慣。

她的人生需要目標。眼下她要解決艾蓮娜的死亡案件，起碼也要盡力一試。她知道如果成功破案，她可以光榮退休，但除此之外，她也感到迫切的衝動，想替那可憐的女孩聲張正義。長遠來看，她想找個人定下來，逃離孤獨的生活。或許——只是或許——那個人就是彼得。

直到她把第一杯咖啡喝了一半，她才想到要察看手機。她不像現在手機成癮的世代，對她的行動裝置沒那麼著迷。刑事偵查部的年輕成員連不看螢幕一分鐘都很難，反觀瑚達，如果能選擇，她寧可永遠不用看她的手機。

因此她很訝異有人試圖打給她兩次，來電號碼她不認識。她打去查號台，發現原來是夢中不斷出現的民宿。

一名年輕男子接起電話。

「早安，我叫瑚達．赫曼朵蒂，我是警察。」

他回答，「喔，早安。」

「今天早上八點左右，有人從這個號碼打來找我。」

「喔，是嗎？從這個號碼？可能是朵拉，也可能是任何人。不過不是我。」他的字全糊在一起，喃喃自語很難聽清楚。

瑚達問道，「為什麼可能是『任何人』？」

「妳也知道嘛，所有房客都能用這支電話。」他進一步說明：「不過只能打國內電話。我們封鎖國際號碼，否則電話費肯定貴到破表。」他笑了。

瑚達可沒心情笑。「有辦法查出誰打給我嗎？或者可以把電話轉給朵拉嗎？」

「朵拉？抱歉，沒辦法。」

瑚達問道，「為什麼不行？」她的耐心快磨光了，顯然半杯咖啡還不夠。

「她值夜班，現在去睡覺了。她會關手機，打去也沒用。」

瑚達抗議，「但我的事很急。」雖然就她所知，可能並不急。「那給我她的市話號碼吧？」

年輕男子又笑了。「市話？現在哪有人還在用市話。」

「好吧，那你可以請她回電給我嗎？」

「可以啊，我會盡量記得。打到妳現在這支號碼嗎？」

「對。」瑚達說完，才想起一件事。「你們那裡有一個敘利亞來的女孩，我需要跟她談。她在嗎？」

「敘利亞？我不知道耶。我是新來的，誰都不認識。朵拉比較清楚。」

瑚達放棄跟他爭論。「算了，」她草草說，「我晚點再打來。」

「好喔。那我就不用幫妳轉達訊息，要她打給妳囉？」

「我的老天，要，拜託請她回電給我，謝謝。」

瑚達掛掉電話，氣急敗壞嘆了一口氣，替自己倒更多咖啡。

第二章

這是她們住進新家的第一天：地下室的小公寓非常小，要稱作「公寓」都有點誇張，但還是值得紀念的大日子。

雖然遲了，她還是終於搬出父母家，與他們感性告別，同時向自己承諾永遠不會回去。接著她去接女兒，她有點不確定對方會如何應對，甚至擔心她是否能帶女兒走。

事實證明她不用擔心。負責的女看護提到女孩在這兒住到兩年很不尋常：通常孩子都只會待幾個月。她也提醒母親，女兒需要一陣子適應改變，但仍祝福她們一切順利。她說她是好孩子。

天哪，領走孩子多麼困難。女孩大哭大鬧，拒絕讓母親抱她，拒絕跟她走。這不是母親夢寐以求的母女重逢。

等她們終於準備離開，女看護又說：「她有時候睡不著。」

「睡不著？」母親詢問，「妳知道為什麼嗎？」

女看護一臉遲疑，顯然在想透露多少她們照顧女孩的狀況才明智。到頭來，她不甘願地坦誠：「今年稍早，待在這兒的一個孩子習慣」——她頓了一下——「習慣趁別的孩子睡覺戳他們的眼睛。他覺得好玩。」

聽到這番話，母親的背脊一陣戰慄。

「起初我們以為只是一時的。」女看護繼續說，「但最後我們必須出面制止。妳的女兒個性敏感，比大多數孩子受到的影響嚴重。從此之後，她就睡不好，怕黑不敢閉眼睛。說穿了，真的很麻煩。」

第一天，女孩對新家和母親的反應都不好。她拒絕說話，避著母親的眼睛。一開始她甚至不吃飯，但後來退讓了。等到晚上，她果然不肯睡覺，搖籃曲不久就沒效了。年輕女子不禁絕望地想，她是否犯了嚴重的錯。或許當初她應該直接送寶寶去領養，而不是接受這種妥協，害她變成徒具名義的母親。現在她只是定期出現在玻璃另一側的女子，努力思索該說什麼，她吐出的陳腔濫調永遠無法取代真正的愛和安全感。

小女孩不可能一直抵抗倦意，但她盡力了。到最後，母親在臥房留了一盞燈，終於讓孩子成功睡去。她筋疲力盡，自己也躺在女兒旁邊，馬上睡著了。那一刻，她從未感到如此快樂。

第三章

瑚達有點意外毛納斯沒聯絡她。昨晚亞歷山大訓了她一頓之後，她一直在等上司同樣打電話來訓話。他沒打來只有兩種可能：第一，毛納斯決定忽視亞歷山大的抱怨，讓瑚達安心查案。不過那兩個人過從甚密，如果亞歷山大抱怨，毛納斯肯定會挺他，所以極不可能。第二個原因比較可能：亞歷山大根本沒去跟毛納斯告狀，或許因為他骨子裡也知道他搞砸了。他一定在祈禱別讓瑚達找出新事證，整件事就能默默過去，不留痕跡。她倒是好奇亞歷山大怎麼知道她在調查艾蓮娜的死因。最合理的解釋是亞伯告訴他，畢竟亞伯還在警局工作時，他們就認識了。

雖然毛納斯不介入對她有利，但瑚達知道她不能仰賴好運太久。她有兩週的寬限期來查案，但很有可能被迫提早收工，搞不好局裡只會給她一天清空辦公桌，所以她必須善用剩下的時間。她的首要任務是追查口譯員拔許圖告訴她的線索。講到性產業或人口販運，局裡的萬事通是一位名叫瑟蘭迪許（Thrándur）的警探。他有一半的法羅群島（Faroese，位於挪威和冰島之間，為丹麥領地）血統，本名其實是瑟蘭篤（Tróndur），但他一輩子都住在冰島，所以通常都用在地的寫法拼寫他的名字。瑚達跟他一直不熟絡，不過他總是很有禮貌。她覺得他態度太過巴結，但她必須承認，她對瑟蘭迪許和許多男同事的看法必然有些偏頗，因為她跟他們不是同一掛。瑟蘭迪許至少是適任的警探，不像亞歷山大，他小心聰明，通常都能得到好結果。

瑟蘭迪許沒有接警局的電話，於是她改打手機。電話響了老久，他才終於接起來。

他正經地說，「我是瑟蘭迪許。」她意識到他們雖然共事多年，他卻懶得把她的號碼加入聯絡人，不禁失望。

「瑟蘭迪許，我是瑚達。我能找你稍微聊一下嗎？」

「唉呀，瑚達！好久不見。」她覺得他的口氣故作客氣。「我今天休假耶，得用掉去年夏天剩下的一些特休。可以等到明天嗎？」

她想了一下。時間緊迫：今天她必須有所進展，這又是她最有力的情報。

「抱歉，等不得。」

「好，妳說吧。」

「我可以過去找你嗎？」她知道當面談比較能有結果：如果他撒謊，她比較容易從他的肢體語言看出來。

「這個嘛，我在高爾夫球場。」她並不意外：瑟蘭迪許是警局球隊之星。「而且快要開球了。妳能很快趕到嗎？」

「你在哪裡？」

「厄爾達沃里。」

這個地名對她毫無意義。

聽她沒有反應，他進一步說明，「海德莫克那邊的球場。」他給了她路線。

她撒謊說，「我馬上就到。」她很清楚她的老斯柯達轎車無法應付挑戰。

她朝東南方開出鎮上，並發現她的思緒停留在彼得身上。她回想他們共度的美好夜晚，她多麼懷念這種陪伴呀。她也記起向他訴說她的過去，尤其是她沒說出口的部分。暫時而已，以後還有很多時間可說。

剛開出城市外圍，海德莫克自然保留區的清新春日綠意便迎面而來，針葉樹、樺樹和低矮樹叢剛好卡在冬天單調的地貌和盛夏榮景之間。雷克雅維克這座水泥叢林不斷擴張，海德莫克位處其中，樹林和登山步道形成寧靜的綠洲，適合和家人享受出遊之樂。

瑟蘭迪許的指示很清楚，長年在警局工作也教會她注意細節，因此前往高爾夫球場的路不難找。雖然細窄的碎石路彎曲難行，害她看不到對向來車，瑚達仍開著斯柯達轎車順利抵達目的地。

瑟蘭迪許站在停車場等她。他盛裝打扮，穿著時髦的高爾夫球裝，上身是菱紋毛衣，頭戴軟鴨舌帽，身旁擺著小推車和一組球桿。瑚達沒有標準能評斷他的穿著，不過看在瑟蘭迪許是高爾夫球狂，她推論他只接受最好的裝束。

看她靠近，他張開口，藏不住語中的一絲不耐，「我時間有點趕。」彷彿為了強調，他瞥向俱樂部牆上的大時鐘。「妳想要討論什麼？」

瑚達不習慣別人催她，但瑟蘭迪許顯然不打算讓任何事阻擋他打球。

她直搗黃龍。「我要問的是個一年前過世的俄國女孩，她叫艾蓮娜。」

「沒有印象耶，抱歉。」他說，「不好意思沒幫上忙。」即使明顯在趕時間，他仍禮貌滿滿。

「她來冰島申請庇護，卻死在沃斯里旭斯頓的海灘上。原始調查有些缺失，但我最近得知，她可能被帶來賣淫，或許是人蛇集團的一環。」她仔細觀察瑟蘭迪許的反應，發現她挑起他的興趣了。她收尾說，「所以我想找你談。」

「我……我完全不知道這件事。」他的口氣變了，現在聽起來更遲疑，更避重就輕。「我沒聽過艾蓮娜這個人。」他好像突然想到，又補上：「對不起。」

「不過不會沒聽過這種事吧？」瑚達堅持追問，「有人以申請庇護的名義入國，實際上卻是組織賣淫集團的一員？」她來之前上網快速研究了一下，找到足夠資料佐證她的論點，或至少可以刺激瑟蘭迪許跟她多說一點。

「這個嘛，對，當然，我想確實會發生，但目前我們沒有在調查。看來妳查到的資訊誤導妳了。」

「如果**確實**有這種事，」瑚達繼續說下去，「你能給我一些名字嗎？誰可能參與這種詐騙行為？在冰島這兒？」

「我想不到耶。」她覺得他回答得有點快，甚至沒停下來想，彷彿希望她最好不要朝這個方向調查。「妳的案子可能是單一事件：有人帶她入國，然後就躲起來了。妳不覺得很有可能嗎？」

「是沒錯，」她緩緩說，「我不否認。這樣的話，最有可能是誰？如果要問誰會有答案，就是你了。」她態度禮貌，但很堅持。

「對不起，瑚達。」他又說一次，「我完全沒概念。這種事沒有妳想得那麼直接，幸好冰島沒有多少組織犯罪。對不起，我真的要走了：再遲我就要錯過開球了。」

她點點頭，雖然高爾夫球術語對她毫無意義。「沒關係，還是謝謝你，瑟蘭迪許。幸好還能借用你的腦袋。」

「沒問題，瑚達，隨時歡迎。」他接著補上一句，她覺得聽出一絲挖苦：「好好享受妳的退休生活吧。」

她看他拖著球桿，沿小徑走上小丘，三名球友站在那兒等他。今天很適合打球，天空湛藍，萬里無雲。經過沉悶的冬天，眼前的景色美不勝收，雖然空氣仍有明顯的寒意。

看來瑟蘭迪許要率先開球，或他們對這個動作有什麼別的稱呼。他探進球袋，拿出球桿，但他注意到瑚達還在停車場看他，便朝她露出尷尬的笑，停下來等她離開。她揮揮手，一步也不動，樂於看他坐立不安。他撇開頭，擺好姿勢，背對瑚達，把球桿像武器般舉起，接著往下一揮，猛力擊球。球飛下球道，落在鐵絲圍欄另一側。從瑟蘭迪許和其他同伴的反應來看，她推測這不是他想要的結果。

第四章

女孩仍封閉自我，除了時時哭泣，很少展現其他情緒。不過她的母親拒絕放棄，她必須想辦法彌補兩人之間的鴻溝。女兒彷彿在懲罰她的缺席，但母親覺得非常不公平，當時她無力採取其他方法，她沒有真正的選擇。現在她在這兒，獨力照料孩子，她實在太擔心未來，晚上幾乎睡不著。她要怎麼兼顧工作、自己養大孩子？她認識的女生幾乎都是已婚的家庭主婦，有充分的時間照顧家庭和小孩。不只社會與她為敵，連這些所謂的朋友都公然表示不認同她當單親媽媽。她的父母仍堅持當初應該把小女孩送去領養，他們很不滿意她決定自己帶孩子，因此跟她保持距離。大多時候，她都不知道該上哪兒求救。

逆境不但沒有讓她變得堅強，反而害她每天都感到更加疲憊。

母親去工作時，只能把女兒交付給住在附近的保母，她冷酷嚴苛，養育小孩的觀念非常過時。保母悶熱的地下室公寓滿是菸味，平日母親把小女孩留在那兒，心裡都很痛苦。可是她必須工作，否則就養不活她和女兒，而在這個社區，她只付得起這名女子的托兒服務。

和女兒道別總是很難，雖然知道當天下班就會去接她，每次分開仍像在重複最初的離別。她希望小女孩沒這麼想。孩子每次都哭，但不清楚是否因為跟母親分開讓她掉眼淚。

她告訴自己，到頭來都會沒事的，母女關係終究會恢復正常。她只求正常，然而在她心底，她感覺到——她明白到——不可能了。傷痕永遠都無法復原。

第五章

瑟蘭迪許很明顯知情不報，但瑚達不會因此受挫。她在警局的朋友不多，其中一位認識的線人，正好在瑟蘭迪許出沒的地下圈子活動。

瑚達完全不想踏進刑事偵查部，於是她和朋友約在剛出市中心的哈瓦爾斯塔迪爾美術館咖啡廳見面。查案確實讓她保持忙碌。即使她莫名覺得要為艾蓮娜負責，她也清楚她要靠查案讓自己分心，否則每次重溫她和毛納斯的對話，心頭就會湧上痛苦的挫敗感。

咖啡廳幾乎沒有人，只有一對年輕情侶在吃蘋果派，從背包和相機看來是旅客。他們看來如此相愛，就像當年的她和勇恩。她不容易動心，但她曾深深愛過他，那段回憶仍無比鮮明，令她心痛。她對彼得沒有那麼強烈的情感，不過沒關係：她真心喜歡他，也能想像與他共度未來，這就夠了。她大概失去愛人的能力了——不是大概，而是絕對——而且她完全知道那是從何時開始。

蘋果派看來可口，瑚達也點了一塊，邊吃邊等，朋友走進美術館咖啡廳時，她剛好吃完最後一口。凱倫比她年輕二十歲，但她們一直處得很好。瑚達特別關照她——不是做為母親，她從來沒有把凱倫當作女兒，比較像是老師照顧學生。她在年輕女子身上看到自己的影子，試著引導她走過警界父權體制的複雜迷宮。凱倫是優秀的學生，目前在警局升遷迅速，得到瑚達只能癡心想像的機會和職等。瑚達眼看門徒飛速晉升，除了心生驕傲，不免也感到忌妒，心中總是有個聲音悄悄問：為什麼妳自己沒有爬得更高？

她想到的答案都不夠滿意。相關的原因必然很多，包括過往社會對待女性的態度，但說穿了，她就是很難跟同事相處，總是保持距離，因此在職涯上付出代價。

「瑚達，寶貝，妳好嗎？妳真的要走了嗎？妳已經走了嗎？」凱倫滑進她對面的椅子。「抱歉我沒辦法待太久——妳也知道，工作忙到不行。」

凱倫以前在重案組，替瑟蘭迪許做事，不過現在她更上一層樓了。

「不喝杯咖啡嗎？」瑚達問道，「吃點蛋糕？」

「蛋糕絕對不行，我最近不吃麩質了，不過來杯咖啡吧。」凱倫又站起身。「我自己去點。」

「沒關係，拜託，讓我——」

「不行，別說了。」瑚達覺得凱倫打斷她時語帶憐憫，彷彿現在她退休了，買一杯咖啡就會破產。要說瑚達受不了什麼事，那就是受人憐憫。不過她不會浪費時間爭論這種小事，就算了吧。

「我們真的應該偶爾一起吃午餐，」凱倫端著卡布奇諾回來，「才不會失聯。當然，我知道妳比我年長，但我沒想到妳年紀有那麼大。」不可思議。凱倫似乎覺得這是讚美，她燦爛一笑，毫不因為失言而尷尬。或許她以為暗示瑚達長得年輕，她會受寵若驚。

瑚達試著甩開心頭的不耐，但她逐漸發現她們終究不是朋友。凱倫順著階級往上爬時，需要她的支持和友誼，如今瑚達顯然沒了用處，可以拋到一旁了。她暗自咒罵自己沒有早點發現，可是現在她需要凱倫。

她說，「我要退休了。」

「嗯，我聽說了。寶貝，妳要知道，我們都會很想妳。」

「嗯，對啦，我也會。」瑚達虛偽地說，「總之，毛納斯請我離開前處理一件小事，他需要有經驗的警員幫他看一下。」這個說法只擦到事實的邊，但瑚達越說越習慣了。

「當真，阿毛嗎？」凱倫聽起來很驚訝，口氣毫不恭維。

瑚達絕不會用「阿毛」稱呼她的上司。

「對，沒錯。一年多以前，有一名俄國年輕女子過世，她可能假裝申請庇護，其實在這兒賣淫。」

凱倫的表情開始放空。她瞥向手錶，敷衍一笑，擺明等不及想離開。

頗尷尬的短暫沉默後，她說：「對不起，我覺得我幫不上忙。我沒聽過這個案子，況且我不管這塊了。」

「嗯，我知道。」瑚達冷靜地說，「但我以為妳滿熟悉那個圈子，知道重要人物的名字和長相。可能我搞錯了吧，妳以前負責的工作……」她刻意沒講完。她一度考慮直接問凱倫，上司是否沒交派她任何重要的事，但她認為她想講的意思夠清楚了。

「不，妳沒搞錯。問吧。」凱倫上鉤了。

「有誰是警方還沒逮到，但有……呃，從事這些交易的嫌疑呢？」

「我不確定現況如何，但我會想到一個人。不過……」凱倫停下來，但瑚達不打算放過她。她繼續等……再繼續等：她很會等。果然，凱倫很快就覺得非說不可：「不過很難證明任何事跟他有關，所以警方可說放棄了。他叫奧奇．奧卡森，妳可能聽過他，他經營一家批發公司。」

這個名字很熟悉沒錯，但瑚達想不出他的長相。「是年輕的，還是老人？」

「大概四十歲，住在鎮上西區，那棟奢華的房子肯定花了不少錢。」

「批發業也挺好賺的吧。」

「相信我，沒那麼好賺。他一定是黑的，但有時候就是怎麼樣都定不了罪，只能放手往前看了。老天，別說出去喔，那個傢伙表面上正派到不行。」

「別擔心，我自己知道就好。」瑚達向她保證，「聽起來很有趣，但我想對我沒有直接幫助。我需要跟那個死掉的女孩直接相關的線索。」

「我懂。總之……」

她們互相道別，雙方都很冷淡。雖然瑚達保證了，她還是打算去拜訪批發商一趟，畢竟她還有什麼好顧忌呢？

第六章

雖然帶著女兒的生活逐漸步上軌道，卻跟母親的想像不大相同。每天都是艱難不斷的煎熬，孩子頑皮、暴躁又孤僻，但母親仍努力給她所有的愛和關懷。晚上最難熬：小女孩還是很怕黑，只願意開燈睡覺。她們的財務狀況也不妙。成天擔心孩子、錢和未來，她快撐不下去了。

她開始後悔沒有告訴女孩的父親她懷孕了。他是美國士兵，戰後短暫駐紮在冰島，他們有交集的時間更短暫，只有一、兩個晚上。當她發現懷孕，她數晚躺在床上睡不著覺，糾結要不要去找他，但障礙重重，似乎難以克服。她太羞愧於他們的關係和造成的後果，就是沒辦法採取行動。當然，他們同樣要負責，但他可以自由回到祖國，拋下她面對後果：她懷了私生子，必須承受親友的指指點點。

當然，現在講什麼都太晚了。他已回去美國，她知道他住在哪一州，但沒什麼用，因為她不知道他姓什麼，真是不可思議。他一定有告訴她，但她懂的英文有限，八成漏聽了，況且當時她大概覺得無所謂吧。如果她沒有羞愧到無地自容，大可一發現懷孕就去找他，那時他還在冰島。然而想到要去凱拉維克的美軍基地，找一個她只知道名字的士兵，還挺著開始隆起的肚子……天哪，不行，她做不到。現在她真想猛踹當初可悲的自己。為了孩子，她希望她有厚著臉皮去試。小女孩一出世就過得如此辛苦，可能還永遠不認識父親。他也永遠不會知道，在冰島冰冷的荒郊，他有一位美麗的女兒。對英俊的年輕士兵來說，冰島只是若干個駐紮點之一，但即使他只來過一次，也留下到此一遊的永久證據。

想到有一天要向女兒解釋這一切，她就害怕。

第七章

民宿的朵拉打來時，瑚達還在哈瓦爾斯塔迪爾美術館。

「今天早上我聯絡不到妳，」朵拉說，「現在不方便嗎？」

凱倫離開後，瑚達留在咖啡廳，感到疲憊又洩氣。她需要坐一會兒，才有力氣出去面對冰島的春天天氣。這回春天帶來的不是開始，而是結束。她就是無法接受要放棄工作。她會陷入困惑的震驚狀態，不僅是因為上司告知她的態度很隨便；她會難過也不僅是因為要比預期提早離開，光要離開就夠難過了。她要怎麼批評同事都行，但他們的陪伴是她的救生索，就連面對他們的爭執和忌妒，都勝過一個人關在高樓公寓的四面牆內。在家沒有東西讓她分心，過往的記憶會令她招架不住，甚至害她窒息。有印象以來，甚至在反覆的惡夢出現之前，她就經常輾轉難眠。只有她辦的案子、她的調查、工作的壓力能支持她走下去。昨晚也不例外——她夢到死去的俄國女孩，擠開了其他她不想記得的回憶：她的後悔，她的愧疚。當初她能不那麼做嗎……？

瑚達坐在那兒，思索她的命運。美術館咖啡廳只剩她一個人，連那對遊客都走了。如此美妙的晴天，沒有人對冰島藝術或冰島蘋果派加奶油有興趣，即使吹著向北的寒風也無所謂，畢竟室外總能找到避風處。

一旦退休，這就是她的日子嗎？坐在咖啡館，試圖填補冗長空虛的時間？她考慮打電話給彼得，邀他一起喝咖啡，但她按捺住衝動，不想顯得太猴急。

朵拉竟然問她現在是否不方便，真是諷刺。

「不會。」瑚達直白告訴她事實。「抱歉稍早沒接到妳的電話，希望不是太緊急的事。」

「喔，不，當然不是。說真的，我不懂妳為什麼要忙這個案子。那個女生過世好久了，其他人也沒有意見——妳懂我的意思吧。」

瑚達非常清楚。沒有人替可憐的俄國女孩發聲，她便遭到警方草率對待。雖然不是瑚達的錯，她還是感到丟臉。

「我只是剛好記起一件事——八成完全無關，不過天知道，搞不好對妳有幫助。」

瑚達馬上坐直身子，豎起耳朵。

「有個傢伙來接過她一次——一個陌生人。」

「陌生人？」

「對啊，不是平常負責庇護案件的律師，也不是那個俄文口譯，是別人。」

「妳說他來接她？」

「對，我看到她在民宿外面上了他的車。我突然想起來的。」聽朵拉的口氣，她挺得意能分享新消息。「我記得當時就想，她跟這個傢伙要去哪裡？她根本不認識冰島人啊。」

「他是冰島人嗎？」瑚達掏出筆記本，草草記下細節。她突然感到精神百倍。

「對。」

「妳怎麼知道？妳有跟他說話嗎？」

「什麼，我嗎？我只是在外頭撞見他們，不過他一定有先進去櫃台找她。那時候我正要進去值班。」

瑚達再問一次，「妳怎麼知道他是冰島人？」

「冰島人很好認啊，他們長得都一樣——妳懂我的意思吧。一般的冰島臉，冰島長相。」

「妳能描述他的樣子嗎？」

「沒辦法，太久以前了。」

「他很瘦嗎？還是過重？」瑚達想到要從女孩口中一點一點挖出資訊，不禁暗自嘆了一口氣。

「對，過重，沒錯。我沒記錯的話，他有點胖，也有點醜。」

瑚達說，「不是妳的菜囉？」

「老天，當然不是。我記得當時就想，也許她交男朋友了，可是他們感覺好不配——妳知道嘛，她長得很漂亮，高挑優雅，但他又矮又胖。」

「妳以前都沒看過他？」

「嗯，應該沒有。」

「妳記得是什麼時候嗎？」

「妳在開玩笑吧？我連早餐吃什麼都不記得。天哪，大概是，我不知道耶，她過世前一陣子吧。」朵拉的答案理所當然。

「妳覺得他可能是她的男朋友嗎？」根據她跟拔許圖的討論，瑚達有一套自己的理論，但她想知道朵拉是否也有同樣的疑慮。不過她沒有直接問，沒必要製造謠言──至少現在還不用。

「呃，其實不會耶，我只有一瞬想到而已。如果她有冰島男友，我相信他的身材會比這個傢伙好得多。」

「妳能想像他要找她做什麼嗎？」

「天知道，反正跟我無關。經營民宿就夠忙了，房客做什麼不是我的問題。」

「他大概幾歲？」

「很難說，就一般的傢伙。大概中年吧，比她年紀大。」

「妳有看到他開什麼車嗎？」

「嘿，有耶，很大的越野車。那種男生都開四輪驅動車，通常是黑的。」

「哪種四輪驅動車？」

「別問我，我分不出來，看起來都一樣。」

「這件事可能發生在她過世那天嗎？」

「我跟妳說，我不確定。」朵拉說，「或許是前一天，但我覺得不太可能，不然當時我總該會把這兩件事連起來吧？」

瑚達提醒她，「誰知道呢。」

「也是。」

「後來妳有再看過那個人嗎？」

「我想沒有。」

「朵拉，這些資訊很有意思，謝謝妳打來。如果妳再想到什麼，可以跟我聯絡嗎？什麼都可以。」

「嗯，當然。偵探遊戲很好玩耶？有時候我會讀犯罪小說，但我從來沒想到自己會扯上案子。」

「兩者不太相同啦。」起初瑚達想潑她冷水，但她突然看到切入點，便改變口氣，加上一點鼓勵：「不過幫我一個忙好嗎？在妳那邊替我多注意一下？」

「什麼意思？」

「四處問問，看有沒有人可能記得重要細節。是這樣的，我認為艾蓮娜遭到謀殺，我們必須努力找到凶手。」她感到一絲遲疑：她是否會害女孩陷入不利的處境——甚至面臨危險……？她告訴自己不可能。在冰島這種安全的小地方，情況不會是她想的那樣。凶手只會下手一次：要不一時衝動，要不酒醉、或嗑藥昏頭了，再不就是忌妒或氣急攻心。預謀殺人從所未見，更別說同一人犯下超過一起謀殺案了。她毫不懷疑她要找殺人凶手，但朵拉很安全。

「當然，我會四處問問，沒問題。」

「那個敘利亞女生怎麼了？」瑚達問道，「或許現在我能跟她談談？」

「不行耶，抱歉，沒辦法。警察帶她走了。」

「什麼意思？」

「她要被遣返了，時不時就會這樣。有點像小時候玩的搶椅子遊戲，一放音樂，大家都站起來繞圈圈走，等音樂停下來，椅子少了一張，有人就遭殃了。今天就輪到那個敘利亞女生了。」

第八章

她提過一兩次想離開鎮上，多看看冰島，去鄉間走走，遠離城市——雖然這兒其實沒什麼城市。跟她習慣的都市相比，連雷克雅維克都不過是小村莊。

她提議出遊時，只是半開玩笑，從沒指望真的成行，更不會挑這麼不友善的天氣。海上持續颳來酷寒強風，日復一日，偶爾伴隨著雨，更常是雪。透過窗戶往外看，潔淨的白雪很美，但天氣狀況經常改變，雪地很難保持明信片般的美景，往往會先變成灰色雪水，隨後必然在下霜時結冰，最後給新的落雪蓋住。

因此當他打電話來，建議來趟週末小旅行去看雪，她非常驚訝。她從窗口瞥向外頭的暴雨，隔著玻璃聽到狂風怒吼，不禁打了個哆嗦。不過她心想，人生只活一次，不如就答應去探索新世界，到北極圈邊緣冒險。

「不會很冷嗎？」她問道，「外頭看來好冷。」

他回答，「比這裡還冷喔。」他彷彿看透她的心思，又補上：「要去冒險呀。」

所以他們所見略同。

她聽到自己答應，但她還有別的問題：我們要去哪裡？怎麼去？我該帶什麼？

他要她放輕鬆。他們會開他的四輪驅動車去，但不會跑太遠：天氣難以預測，他們不想冒險。只要能遠離日常的一切，給她看看野外的樣子就好。

她又試了一次：「我們要去哪裡？」

他不肯說。

「到時候妳就知道了。」他終於回答，並問她有沒有厚外套，像羽絨夾克。她說她沒有適合的服裝，他說會借她一件。她還需要準備一些厚的毛料內衣褲，在旅途上保暖，尤其是晚上：晚上才是真正冷的時候。

短短一瞬間，她心想是否該改變主意，別去了。但她感到旅行的誘惑，呼喚她想冒險的靈魂。他一定早就知道了，但她還是告訴他，她沒有毛料內衣褲。他表示會替她買，錢她晚點再還就好。

第九章

她可能接近真相了嗎？難道尋獲屍體前一天，陌生男子接走了艾蓮娜？他可能是尋芳客嗎？瑚達可以想像那個場景，彷彿她就在現場。她可以想像艾蓮娜被迫在陌生的國度賣淫，必然感到孤立無援。或許他是她的第一個客人。或許事到臨頭，她拒絕了。她可能因為說不而丟了性命嗎？

想到這兒，瑚達心中湧起無能為力的怒火和恨意。她必須控制自己。維達利主教[1]怎麼寫的？**怒意會在眼中燃起地獄之火**；她太熟悉這種感覺了。

她決定應該再打一通電話給拔許圖，問他艾蓮娜有沒有提過她的客人——例如他們的名字或職業。拔許圖很願意幫忙，可惜艾蓮娜沒跟他提過任何細節。

下一步是去拜訪奧奇，警方懷疑經營賣淫集團的商人。瑚達查到他的地址，開車到鎮上西區他住的高級社區。他的房子是一棟古老的單層獨棟別墅，周圍花園維護良好。樹枝仍舊光禿，但散發期待，彷彿準備好綻放春天的第一根新芽。位處昂貴社區，安詳的氣氛籠罩不起眼的房子，看似沒人在家，加上車道上沒有車，感覺更明顯了。她按了門鈴，但沒有人回應，於是她決定在車上等一下，以防屋主回來。這是目前她查到最好的線索，她想偷襲奧奇本人，趁他還沒有機會準備答案，就拿問題轟炸他。況且她也沒有別的地方好去。她稍微倒退斯柯達老轎車，隱密地保持一定距離，但仍能清楚看到房子。

她不記得工作上花過多少時間在車上等——老習慣帶來一種舒適感——但兩小時後，她忍不住想站起來伸展雙腿。她告訴自己，最好再撐一下。還是她應該去敲門碰運氣？畢竟他可能在家，他可能整天都在家。

正當她在評估選項，一輛四輪驅動車開上車道。看似年輕的纖瘦男子下車，他頂著削短的頭髮，看來幹練果決。瑚達看他走進屋內，等了幾分鐘，才尾隨著走去敲門。男子親自應門，仍穿著外出鞋和外套。

---

1 Bishop Vídalín（1666-1720），路德派教士，著有一系列布道文，為冰島十八世紀文學重要作品。

他看到訪客似乎有點意外，表情沉靜警惕，等她說明來意。

「你是奧奇嗎？」瑚達盡力維持口氣冷靜專注。

他點點頭，扭動嘴唇露出頗迷人的笑容。

「可以跟你聊幾句嗎？」

「看情況，要聊什麼？」他的聲音輕柔，隱藏著一絲剛毅。

「我叫瑚達．赫曼朵蒂，我是警察。」她探進口袋，希望她的證件還在。

「警察。」他若有所思地說，「原來如此，請進請進。發生什麼事了嗎？」

她想起海灘上艾蓮娜的屍體照片，本來想說對，但還是忍住了：「不，沒事。如果你不介意的話，我只是想問幾個問題。」當前情況下，她已經盡量客氣，不希望驚動奧奇打電話找律師。現在最好別把事情鬧大，就她手上的證據，很難證明她來這一趟有道理。她只能戳他一下，看會怎麼樣，試著判讀他是哪種人。

他請她在客廳坐下——屋內八成不只一個客廳，室內感覺比外頭看來大多了。裝潢是現代極簡風，主要都是使用單色調和鋼鐵。瑚達坐在黑色沙發上，閃亮材質摸起來冰冰冷冷。奧奇面對她，坐在美麗扶手椅的腳凳上。

「其實我有點趕時間。」他劈頭就說，彷彿在標示領地，警告她能待下來都是他說了算。

「我也是。」她知道自己身為警察的日子不多了。「我想向你請問一名俄國來的年輕女子……」她刻意短暫停頓，觀察奧奇的反應。她覺得有跡象顯示他知道她在說什麼。他的視線飄開一秒，又對上她的雙眼。

「俄國？」

「她來冰島申請庇護。」瑚達進一步說明，決定不警告他，直搗重點，「不過看來她可能是性販運的受害者。」這是她考量的論點，不如就直接當作事實講出來吧。

「不好意思，瑚達，我完全不知道妳在說什麼。」他依然與她四目相交。「我完全聽不懂。妳是認為我認識這個女生嗎？」

認識，現在式。表示他沒聽過艾蓮娜，不知道她怎麼了，或者他有罪，想混淆視聽？

「她過世了。」瑚達唐突地說，「她叫艾蓮娜，陳屍在沃斯里旭斯頓的海灣。」

奧奇的臉還是沒有表情。

然而他似乎也沒有要趕瑚達走。他坐得筆直，態度沉著，外表得體，身穿深藍色牛仔褲、白上衣、黑色皮夾克和亮晶晶的黑鞋。如同他的房子和座車，他的整體造型也展現富貴之氣。

「對了，房子不錯喔。」瑚達環視四周，評論道，「你是做什麼的？」

「謝謝，大部分都是我太太的功勞。我們喜歡跟美麗的東西同住。」

瑚達笑了。當她看到這些家具和室內裝潢，腦中首先浮現的詞不是「美麗」；要她形容，她會說「空虛」。

不過她沒說什麼，只是等他回答問題。

等了一會兒，他說，「我做零售業。」他顯然很驕傲，或至少樂於維持這種形象。

「你賣什麼？」

「妳想要什麼？」他笑得更燦爛了，接著稍微嚴肅地說，「或許我不該在警察面前開玩笑。我進口很多東西：酒，家具，電器，賣了有賺頭的東西都行。我希望崇尚資本主義還不算犯罪。」

「當然不是。就這樣嗎？」

「這樣？」

「你真的不認識艾蓮娜嗎？我可以給你看她的照片。」

「不需要，我可以保證我不認識她。我沒聽過她的名字，沒碰過來申請庇護的俄國人，沒跟俄國做任何生意，就這樣。假如妳有所暗示，我婚姻幸福，沒必要找妓女。」他依然冷靜得幾乎不自然。

瑚達向他保證，「不，我絕對沒這個意思。」即使周遭環境奢華，她卻越發感到不安。他們之間的玻璃茶几像鏡子發亮，客廳明亮寬敞，傍晚的陽光一束束從窗口照進來。奧奇看似社會上無比得體的一員，有禮貌，打扮得宜，甚至長相好看，然而她卻直覺感到她交手的敵人很難纏——而且這裡是他的主場。

雖然隨後的靜默只持續幾秒，時間卻似乎流動得無比緩慢。

「其實，我是想問……」瑚達竟然遲疑了。她逼自己說下去：「我是想問，你有沒有帶她進來冰島？」

奧奇感覺一點都不介意。

「嗯，妳是問了問題沒錯。妳想問我是否帶了一個妓女入國？」

「對，或是好幾個。」

「這下我真的糊塗了。」他的聲音變得有些緊繃。雖然房內很溫暖，瑚達卻突然不自主感到一陣寒意。

「我是說人口販運，」她堅決說下去，「賣淫集團。根據我的情報，艾蓮娜被騙進那種組織。」

「真有趣。妳為什麼覺得我跟那種事有關呢？」奧奇的聲音恢復原先滑順的質感。

瑚達趕忙說，「我沒這麼想。」沒有確切證據，她不願意直接指控他涉及犯罪行為。

他又笑著說，「但妳暗示得很清楚。」

「沒有，我只是問你知不知道這個女生，或那種組織？」

「我也說我不知道了。說真的，警察跑來敲門，找我這種奉公守法的市民，無視我總是慷慨繳稅，居然冷酷地指控我經營什麼犯罪組織，我覺得實在有點過分。妳不認為嗎？」他還是異常冷靜，聲音平穩。瑚達心想，無辜的人難道不會更覺得受到冒犯，生起氣來更自以為是？

「我沒有指控你什麼，如果你不認識艾蓮娜……」

「妳為什麼來？」他突然問，害她措不及防。「誰跟妳說來找我？」

她當然不能說她在警局的線人認為他是性產業的大咖。

尷尬停頓一會兒後，她說，「匿名舉報。」

「匿名舉報？通常未必可信吧？」他用上他的優勢：「妳有任何證據能讓我否認嗎？面對憑空冒出來的指控，我很難辯解啊。妳總該知道」——他稍稍前傾——「我要保護名聲。在業界，好名聲就是一切。」

「我當然懂，我也向你保證，我們的對話不會傳出去。既然你不熟悉這個案子，就沒什麼好說了。」就算奧奇的舉動一點威脅性都沒有（實情不如說是正好相反），瑚達迫切想要離開房子，回到室外晴朗的春日下午。

她突然感到無處可逃。她手掌冒汗，越發坐立不安，並意識到換他佔上風了。她經常試著假想自己是嫌犯，不是因為同情他們的處境，而是想加強她的訊問技巧。多年來，她認為她越來越厲害了。有一次，她甚至把自己鎖在牢裡，想體驗囚禁的感覺，看她能撐多久。鎖上門前，她的同事問她是否確定，雖然她感到冷汗刺激皮膚，她仍然點頭。於是他關上門，留下瑚達獨自面對四面牆。強化牢門旁有一扇窄窗，床的上方還有另一扇稍大的窗戶，裝著霧面玻璃，僅能透進微量的光。瑚達發現她呼吸異常快速，便閉上眼睛，不去想她受困在狹小空間的事實。然而不但沒幫助，她反而心生嚴重的幽閉恐懼，甚至擔心她要昏倒了。當然她知道自己不同於真正的囚犯，只要敲門就能出去。她喘著氣，近乎歇斯底里，盡力撐到極限，才終於跳起來，猛力拍門。當同事沒有馬上回應，她整個人撞向門，盡全力捶門，差點要放聲尖叫。幸好就在那一刻，門打開了。她感覺關了好幾個小時，可是同事瞥了時鐘一眼，然後說：「妳只撐了一分鐘。」

現在幽閉恐懼沒那麼嚴重，但在奧奇家客廳的互動，不知為何觸發了那段回憶。

她站起來。「很高興認識你。我不請自來，謝謝你還願意見我。」

奧奇也站起身。「我很榮幸，瑚達。如果我能進一步協助妳的調查，請跟我聯絡。」他伸出手，他們握手道別。「當然，如果我聽到什麼，也會聯絡妳。」他笑著說，「雖然零售業通常沒那麼刺激。瑚達——妳叫瑚達．赫曼朵蒂吧？」這回他語氣背後的威嚇很明顯了。

第十章

出遊的日子到了。她站在一旁，看他打包兩個旅行袋，一個給她。她問道，「我真的需要這麼多東西？」這時她才意識到，這趟旅行會比她想的艱難許多。他點點頭，告訴她裝備再少就不行了。旅行袋裡裝了睡袋，在酷寒的夜晚能保住她的命。另外還有食物、厚圍巾、看來對她太大的手套、毛帽和空瓶子。她問是否要把瓶子裝滿水，但他笑了。**別忘了我們在冰島：野外的乾淨水源很多。我們會在山中小屋過夜，山上溪流的水比自來水純淨多了。**

她以為旅行袋塞滿了，沒想到他又加了一支手電筒和幾顆電池，才宣布他覺得夠了。她辛苦拎起她的背包，包包重得令她驚呼，高喊太重了。「少來，」他說，「一旦背起來，妳就不會有感覺了。妳也需要這些……」他拿起一組登山杖，綁在旅行袋外面。

他把兩個旅行袋裝上車，接著問她會不會滑雪。她搖搖頭，瞥見一絲曙光，覺得可能找到出路了。她告訴他，她這輩子沒滑過雪，現在開始學也太晚了，或許他們別去這一趟比較好。他笑了笑，說他不可能讓她失望。他離開一會兒，拿了一雙滑雪板、兩支雪杖和一條粗繩子回來。

她緊張地問他是否打算拋下她，自己去滑雪。

他解釋這只是安全預防措施：如果出事，他可以滑雪去求救。他看她盯著繩索，又補充說繩子是預防車子陷在雪地裡。

她問道，「你認為會出事嗎？」她一口氣哽在喉嚨。

他安撫她，「不會，不可能。」她相信他。

她坐進副駕駛座。他發動引擎，接著突然好像想起什麼，又叫她等一下，也不管引擎開著就趕忙跑進去。她從照後鏡看他，當她看他拿了兩把斧頭回來，她的心漏跳了一拍。他把斧頭塞進後車廂，回到駕駛座。

「你拿的是……斧頭？」她已盡力掩飾剛才看到時湧上心頭的寒意，但她的聲音還是微微顫抖。

「對啊，冰斧——一人一把。」

「我們為什麼需要冰斧？」她問道，「我不想冒險：我不習慣玩極限運動。」

「別擔心，只是以防萬一，最好替各種狀況都準備好。不會危險，我們只是去冒險。」

只是去冒險。

第十一章

瑚達清楚記得勇恩過世那天。

她一如往常工作到很晚，調查雷克雅維克市中心的暴力攻擊事件。案子的正式負責人不是她，但她擔起大半的調查工作。週末酒吧開得較晚，這種事件頗為常見。每個週五、週六晚上酒吧關門後，酒客會湧上街，帶來嘉年華會一般的氛圍。面對這麼多喝醉的人，警方往往需要介入，有時案情嚴重，還會正式起訴。

那天是星期四。瑚達整週都在訪談目擊者，試圖判斷誰攻擊那名年輕男子，他還在住院。

等她回到他們在奧爾塔內斯的房子，已經快半夜了。

只是房子——不再是家了。

他們夫妻幾乎不再說話了。

房子四處都感覺冰冷孤寂，不管是戶外的樹、室內的氣氛、家具，甚至床也是。她和勇恩不再同房了。

她走進屋內，發現勇恩倒在客廳地上，動也不動，死透了。等救護車終於來了，急救員起初還假裝有辦法搶救，不斷丟出無意義的詞彙，試圖安慰她，不過當然都為時已晚。他當天稍早就過世了。

瑚達只說，「他心臟不好。」警局兩名同事來到現場，都是年輕男生，他們認識，但不是朋友。她在警局沒有朋友。她搭上救護車去醫院，陪在勇恩身旁。

那晚之後，她在世上就孤獨一人了。

第十二章

她不是很確定他為什麼邀她出遊。

大多時候他人很好，但他個性強烈，害她有些不自在。不過他說他們是朋友，她在陌生的國度也確實需要朋友。

然而她覺得他不只想當朋友，對她其實抱持更濃烈的情感，但她知道他們不會有發展。

他邀她出城旅行，她差點婉拒，不過最後仍決定擁抱機會，稍微享受人生。她相信他不會打算跟她更進一步，並試著說服自己，他只是對她好罷了。

畢竟，能發生什麼壞事呢？

第十三章

母親丟了工作，雖說結果這樣毫不意外。她的老闆一開始就對她是單親媽媽有所顧慮，還唐突地說他寧願雇用沒有小孩的女人：她們比較可靠，能專注在工作上。

有一天，他告知她隔天不用來了。她抗議依法應該給她更長的預告期，但他不接受，還表明除了已付的工資，他一克朗都不欠她。隨後的日子宛如惡夢，她的擔憂影響到女兒，害她變得比平常更暴躁。她計算靠她微薄的存款，她們還能撐多久，還能填飽肚子多久，什麼時候會被踢出她租的公寓。不管她算多少次，答案都不好看。

於是她只好吞下自尊，搬回去跟父母住，這回還帶著他們的外孫女。老夫妻很快就寵起孩子，但他們對女兒的態度頗為冷漠。小女孩和外公變得特別親，他會唸故事給她聽，陪她玩。然而這似乎磨蝕了母女間脆弱的羈絆，使她們逐漸疏離，直到那可怕的一天，她的女兒不再喊她媽媽了。

第十四章

他們出發時，天色還滿亮的。離開鎮上後車流漸稀，直到他們轉上一條看似少有人行的小路。路上橫掛一條鐵鍊，中間掛著告示，似乎要擋住來車。

她轉頭看他，問他路是否封閉了。

他點點頭，轉動方向盤開下路邊，繞過鐵鍊再開回路上。

「這樣安全嗎？」她緊張地問，「如果路都封了，我們可以開嗎？」

他回答說不是真的封路；告示牌只是警告前方道路無法通行。

她再次感到憂慮隱隱襲來，這次答應出遊似乎不妙。

「無法通行？」她直盯著他的臉。

「別擔心。」他拍拍方向盤，朝她微笑。「讓這台寶貝秀秀她多有能耐。」

與室外淒涼寒冷的世界相比，車內很溫暖，暖氣不斷吹送熱風。她想到老家父母的車，暖氣總是壞的。

她看向車外風景，沒有樹的寬闊土地無盡延展，她看得入迷，但有點害怕。視線所及範圍一切都是白的，只會偶爾瞥見一抹黑——可能是石頭，或一叢草。山上懸著微弱藍光，美不勝收，也非常平靜。雖然他們開了沒多久，卻形同遺世獨立。孤獨感覺很刺激，卻同時令她害怕。不知為何，地景顯得殘酷無情，冬天更是如此；大自然不在乎你的死活。要在野外迷路簡單得嚇人。

車子突然在深深的雪中打滑，將她從沉思中震醒。恐怖的一瞬間，她以為車子要衝出馬路翻覆了。她的心臟狂跳，準備面對撞擊。不過她白擔心了，車子自己拉回正軌。

收音機播出一串她聽不懂的話，單調的聲音聽起來像在朗誦事實。

最終，她覺得不得不問主播在說什麼。

她的同伴回答，「天氣預報。」

「預報怎麼說？」

「不太好。」他說，「他們預測會下大雪。」

「我們是不是……」她遲疑一下，然後說：「我們是不是應該回頭？」

「少來了，」他回答，「天氣不好只會更刺激呀。」

第十五章

瑚達的手機響時，她在特里格瓦街的熱狗攤旁，曬著夕陽吃小點心。這家攤販是冰島菜數十年來的重要地標，早在外帶餐點習慣普及於國內前，他們的熱狗就是著名的國民美食。後來美國前總統來訪期間，停在這兒吃了熱狗，又讓攤子獲得國際認可。

她不住回想她跟奧奇的對話。不過他明顯不符合開四輪驅動車的男子相貌，依照朵拉的說法，不是他來接艾蓮娜。

真可惜，不然多方便呀，能串起他與艾蓮娜的關係，推動案情進展。

她接起手機，同時努力不要弄掉熱狗，或讓可樂、芥末、番茄醬或蛋黃醬沾到外套。經過長年練習，她練就這套一心多用的特技。瑚達光顧這台餐車多年，他們向來很有名，但最近由於旅客大增，排隊隊伍也明顯變長。現在一群遊客在攤子附近遊蕩，要不等著點餐，就是在吃自己的熱狗，努力不要讓配料滴到胸口。

「瑚達──我是亞伯．亞伯森。」律師的聲音一如往常流暢悅耳，才講一個字就贏得信賴。短短一瞬間，瑚達放任自己相信他有好消息：這種聲音的男人總不會來傳達壞消息吧？

「哈囉，亞伯。」

「妳的……調查進展如何？」

「還不錯，謝謝。」

「太好了。我想說打電話告訴妳，我在我家的『檔案櫃』，找到一些艾蓮娜的文件。」瑚達覺得亞伯提到檔案櫃時，口氣有點諷刺。然後她想起他混亂的辦公室，便猜測他是從某疊文件下挖出來的。不過這是好消息：更多檔案可能有更多線索，而她現在真的需要線索。

她說，「太好了。」

「明天早上我要去利達渾監獄見客戶，不過下午我可以把文件帶去辦公室。妳要到時候過來一趟嗎？」

瑚達想了一下。「不了，如果方便，我現在就過去拿。你說你在家？」

「沒錯，不過我正要出去——其實我已經遲到了。如果妳那麼急，我想我哥哥可以把文件給妳。我們住在一起，我把信封留給他。」

「太好了，你住在哪兒？」

他告訴她地址，再問一次調查進展如何，還有她是否真的認為艾蓮娜遭到謀殺。

「我很肯定。」瑚達說完就掛了電話。

傍晚時間還早。她故意讓他以為她急著要拿到文件，但她也迫切感到不能閒下來。做什麼都好，她就是不要單獨回家，徒勞無功地嘗試睡覺，深知她離退休又近了一天，離強制停工的痛苦空洞又近了一天，再也沒有別的事能期待。

第十六章

即使車內溫暖，她仍突然打了個哆嗦。她直覺感到她不該在這兒，她答應出遊錯了。沒發生具體的事件觸發這種感覺，但她仍發現自己呼吸異常快速。或許是因為空無一人的虛無，廣闊的地景，白雪湮滅一切的空白？

為了抵抗萌生的恐慌，她問道，「你喜歡住在這兒嗎？」

「當然，」他回答：「至少我覺得我喜歡。雖然這麼說，冰島天氣確實有點難搞，夏天也不長，但我滿喜歡冷天和下雪。妳是俄國人，或許妳也懂？」

她只是點點頭。

「我想妳會學著喜歡上這兒。」他補上一句，口氣和善。

他對她很好，她不該怕他。

當然，她怕的其實是自己的未來。她擔心能不能取得許可，留在冰島，如果不能又該怎麼辦。

她試著放鬆，正常呼吸。她可以明天再擔心未來，今天她下定決心要享受旅行。一切都沒問題的。

第十七章

距離勇恩過世超過一年的某個夏末。

瑚達站在埃夏山頂。隔著法赫薩灣，山巔平坦的悠長山脈聳立在雷克雅維克北方。這座山不難爬——她習慣爬高地更有挑戰的路線——但她向來喜歡這兒。埃夏山離城市夠近，碰到漫長又明亮的春夏夜晚，下班就能過去，走上山頂的輕快路程不用一小時。

那天她整天工作都不太舒服，便決定自己去爬山。當然沿路也有其他登山客，但她沉浸在自己的世界裡，呼吸新鮮的山間空氣，欣賞驚人美景。山上彷彿能看到整個冰島西南角，從海灣對岸蔓延的雷克雅維克都會區，到南方更遠的雷克雅內斯半島，以及東方無人居的一大片高地。

時候不早了，她知道她很快就得開始下山，但她盡可能想拖到最後一刻。她在這兒如魚得水；她在這兒幾乎能忘記其他的事。幾乎。

但她知道等她回家睡著，惡夢又會襲來，她又得面對陰魂不散的同一個問題：

我是否早就該知道？

第十八章

她從照後鏡瞥見一抹西斜的夕陽——或者可能還是下午的太陽，從雲層後露臉。每年這個時節，冰島的夜晚很早就降臨，不過黑夜籠罩前，他們還有一點喘息的時間。

覆蓋路面的雪越來越深，直到她擔憂的一刻終於發生了：車子卡在雪堆裡，車輪空轉，引擎怒吼。他關掉引擎，要她別擔心；她應該趁機下車，伸展雙腿。逃離過熱沉悶的車內令她鬆了一口氣，她大口吸進純淨冰冷的山間空氣。幸好他替她準備了適當的保暖衣物，所以酷寒的環境並不難受，反而讓她精力充沛。

她小心翼翼來回走了幾步，仍待在車旁。一開始她遲疑不敢走下馬路，不確定平滑雪白的表面下地貌如何。看她這樣，他咧嘴一笑，揮手示意四周非常安全。雪在她腳下嘎吱作響，只有她留下的腳印破壞完美的雪景；雪是她的，她一個人的。視線所及範圍毫無人跡，只有空曠的地景延伸到地平線。他們完全遺世獨立，不過她起初的擔憂消失了。畢竟能發生多糟的事呢？

她看他替輪胎放掉一點氣，降低胎壓，增加表面面積。接著他爬回駕駛座，把四輪驅動車一吋一吋從雪堆開出來，終於脫困。幾乎同時，第一朵羽絨般輕巧的雪花飄下來，無比溫柔地落在她的外套袖子上。

第十九章

小女孩的外公第一次提議那天，非比尋常的太陽照耀雷克雅維克。母親站在後院遮陰處，看女兒玩耍。女孩玩得不亦樂乎，在陽光下顯得可愛極了。或許說這麼年幼的孩子不快樂並不公平，但她鮮少看來如此滿足。

提案讓母親措手不及，尤其沒料到會是她的父親來說，他明明和孫女建立了很親密的關係。聽他的口氣，她覺得他可能心不在此，只是呼應女孩外婆的想法。她從一開始就不贊同，並且把她的立場說得很明，不管孩子長得多惹人憐，生下私生子都不是好事，會讓整個家族蒙羞——不只是母親，還有她的父母。

他們站在院子的陽光下，外公試著建議送小女孩去寄養家庭，甚至給人領養。他認識東部一對夫婦，可以給她需要的一切，比起留在雷克雅維克，他們能確保她過上更好的生活。他說他們是好人家，但他的聲音缺乏信念。或許他們不是好人家，或者這個主意本身就不好。他的女兒還是聽了，並意識到父親讓他們衣食溫飽，她很難拒絕。她無法獨自養活她和女兒；她第一次嘗試失敗，需要更多時間存錢，才能再試一次。

她的眼眶盈滿淚水，答應會考慮看看。

第二十章

律師的房子位在綠意盎然的瓜法沃格區，有點令瑚達想起她在奧爾塔內斯的老家。雖然社區風格非常不同，但他的房子不知為何仍激得她一陣懷舊——可能是古早年代的溫馨感吧。現在要觸發她懷古很容易，自從收到解職通知，她的思緒就異常頻繁回到過去。她與彼得逐漸萌芽的關係也打亂一池春水，害她不安地意識到還有很多事沒告訴他。

她按下門鈴，在門口等。

來應門的男子比亞伯矮小結實許多，不過兩人的血源關係一目了然。他看來比弟弟老一大截，瑚達猜搞不好差了十歲，腰圍也粗很多。

哥哥笑著說，「妳一定是瑚達。」他的聲音帶有廣播主持人的滑潤質感，同樣透露他和亞伯的關係。

「沒錯。」

「請進。」他帶她走進起居室。房內塞滿不相襯的家具，即使瑚達承認她不太了解流行，也看得出來大多數家具都非常過時。笨重的老電視機佔據房內的好位子，前方擺著看來極舒服的躺椅。

「我是鮑德．亞伯森，亞伯的哥哥。」

亞伯和鮑德：瑚達心想，他們的父母決定兄弟倆的名字時，顯然沒翻幾頁寶寶姓名書。下一秒，她猛然發現她應該馬上注意到才對：亞伯的哥哥完全符合朵拉的描述，就像開四輪驅動車的男子——又矮又胖。她屏住氣，同時叫自己冷靜。律師的哥哥就是她要找的人，這機率有多少？他確實與案子有關，但只是間接關係。況且朵拉的描述模糊，很多人都會符合。不過利用這個機會，問他幾個問題也無妨。她盤算要不要直接問他是否曾去民宿接艾蓮娜，但冥冥中她覺得會驚動他。還是先讓朵拉指認，再質問他。

瑚達記起她在奧奇家多麼提心吊膽，跟現在完全相反。雖然她越發起疑，鮑德．亞伯森仍顯得和藹可親，不具威脅。

她試著閒聊說，「看來亞伯不在家。」

「對，他去開會了，他總是閒不下來。」

「你也是律師嗎？」

鮑德客氣地咯咯一笑，聽起來幾經練習。大家必然很常問這個問題。「天哪，不是。那是亞伯的專長——全家第一個律師，也是絕無僅有的一個。我……我目前待業中。」

瑚達說，「原來如此。」她繼續等。根據經驗，她知道通常不用直接問。

鮑德進一步說明，「亞伯很好心，讓我待在他家。」短暫停頓後，他又改口：「大概不應該說『待』：我住在這裡，自從我丟掉工作，已經住兩年了。這棟以前是我爸媽的房子，不過他們脫手資產時，亞伯買下來了。」

瑚達努力想出委婉的回答，因此隔了一會兒才開口。「聽起來是不錯的安排……如果你們相處融洽的話。」

「喔，對，完全沒問題。」他轉變話題，問道：「妳要喝咖啡嗎？」

瑚達點點頭。只要這個人有微薄的可能與案件相關，她就要多了解他，不會錯失機會。況且他感覺更需要人陪，而不是咖啡因。

隔了好一會兒，他才端著咖啡回來，沒想到這麼大費周章，咖啡卻難以下嚥。沒關係，剛好給她完美的藉口聊久一點。

瑚達一面等，一面利用空檔四處尋找鮑德的照片。她需要給朵拉看，打算用手機的相機拍下她找到的照片，雖然她的手機快解體了，畫質不會太好。可是她一張都沒找到，真是灰心。她心想能不能偷偷照他一張，又不引起他懷疑，但她知道她得很靈活才行。她平常用手機已經夠笨拙了，照相又要按太多按鈕。

他們坐在大餐桌兩側，瑚達心想她寧可把時間花在彼得身上。不過或許為時不晚：每年這時候，日夜沒有實質分野，夜晚不過是一種心態。想到彼得令她逐漸意識到，或許她其實受夠工作了。每天晚上不用上班，不會受到公事直接或間接打擾，搞不好也不錯。即使沒必要，她也太習慣帶工作回家，她的頭腦總是轉得太快，從來沒辦法從案件抽身，徹底關機。勇恩以前常抱怨，但她就是這樣。

「咖啡很好喝。」她撒謊道，「不過我只能待一下，我還有地方要去。」她喝了一口。

「我試過一次，」鮑德提到，「想投身警界，但沒有成功。」他拍拍可觀的啤酒肚。「我體態一直不夠好，現在想改善也來不及了。亞伯一直都很瘦。」

鮑德的口氣沒有一絲怨懟，雖然他已兩度貶低自己來稱讚弟弟：稍早，他提到亞伯是家中第一個律師。他對弟弟的崇敬看似真誠，不帶忌妒。

「你跟他差了多大年紀？」瑚達問得機敏，雖然答案很明顯。

「他小我十歲，我想妳也看得出來。他算是意外——給我爸媽的驚喜。」

「他處理很多這種案件嗎？」

「哪種？」

「代理庇護申請人。」

「我想沒錯。對他來說，人權比錢更重要。」

「不過他應該還是有收錢吧。」

「當然，但他主要是為了那些人接的，他想幫忙。」

「你做什麼呢？」瑚達冒險喝了第三口咖啡，但實在太苦，她只好偷偷推開杯子。

「做什麼？」

「工作。你失業搬來這裡之前。」

瑚達的手機發出吵雜的響聲，在桌上的杯子旁震動，打斷他們。她看到是毛納斯，不禁暗中嘆了一口氣，現在她最不想跟他說話。她猶豫了一會兒要不要接，終於決定他可以等。她不確定鈴響到一半怎麼關掉鈴聲，甚至不知道可不可行，於是她掛掉電話，並利用手忙腳亂操作手機的機會，打開相機。她需要擺弄一下，但她希望鮑德不會發現。她按下「照相」，喀嚓聲似乎迴盪整個房間。她一臉抱歉朝對方說：「對不起，我實在不會用手機。我是想關靜音。」

「我懂妳的意思，我也用得不太上手。」就算鮑德發現她照了他的照片，他顯然也不在乎。

「我當了幾年的照護員，」他繼續回答她稍早的問題，「但他們要裁員，我第一批走人。除此之外，我換過很多工作，每次都做不久。我以前主要替工匠工作，靠手藝吃飯，妳懂吧。」

瑚達必須坦承她無法想像鮑德是殺手，他看來連蒼蠅都不會打。雖然外表不盡可信，不過她當警察這麼多年，見識過法庭上正反方各式各樣的人，她自認頗會頗會看人。然而她的判斷並非絕對正確，她曾有一次嚴重錯估……那是她最大的失誤，永遠改變了她的一生。

就算她沒看走眼，就算鮑德無法冷血謀殺一名女子，他仍有微薄的可能與艾蓮娜的死有關。搞不好他以前可能接下報酬豐富的可疑工作，結果跟錯的人走到一塊兒了。

她客氣地提醒他，「你哥哥有一些文件要給我。」

鮑德的臉垮了下來，顯然他希望她能待久一點，邊喝難喝的咖啡邊聊天。

「沒錯。」他起身離開房間，幾乎立刻拿著一個褐色信封回來。「給妳。我不知道裡面是什麼，不過希望對妳有幫助。亞伯應該很清楚，他以前是警察。」

瑚達忍住衝動，沒糾正他：亞伯從來不是警察，他只是替警方工作的律師。

「嗯，」她心不在焉地說，推開椅子站起來，大動作察看手錶，暗示她得走了。

鮑德問道，「妳跟他共事過嗎？」他擺明想稍微拉長他們的對話。

「我們沒有直接合作，但我記得他。大家對他評價都很高。」雖然她不知道是真是假。

鮑德笑了：「太好了。」

他感覺非常真誠友善，即使只是一面之緣，瑚達也很難相信他會跟案子有關，不過這要靠朵拉判斷了。

瑚達向他告別。雖然她好奇不已，很想當場拆閱，她還是逼自己等到走出門外，才打開信封。

因此當她看到整份文件——迅速一翻有十頁——都是俄文，她非常失望。她來回翻了幾次，掃過每一頁的文字，希望找到她看得懂的內容，但毫無結果。有幾頁是手寫，幾頁是電腦列印，其餘明顯是官方文件，但她完全不知道上頭有什麼資訊。

她拿出手機，考慮聯絡政府登錄的譯者，不過這可以等到明天。她現在可以開車去奈若維克，給朵拉看鮑德的照片，看有什麼發現。

不，文件必須優先。瑚達正要打電話找俄文譯者，手機卻嗶嗶響，跳出簡訊。毛納斯傳來的。該死，她還沒回電給他。簡訊寫著：「現在就到警局找我！」驚嘆號散發的情緒很明顯。她的心臟漏跳一拍。她向來懶得花時間理會毛納斯，現在更不用說了。當她確定同事看法一致，她也會抱怨他。她數不清曾暗自咒罵他幾千次，嫌棄他缺乏主管的一般能力。然而不管怎麼講，他還是她的上司，他的簡訊也達到了他要的效果。她只好暫時擱置翻譯文件或拜訪朵拉這兩件事，急忙動身服從他的指令。她清楚知道，他找她是要懲罰她；這可是全新的體驗。

第二十一章

起初短暫飄雪後，雪又停了，但天空滿布雲朵，保證待會兒還會再下。

毫無預警之下，他猛然急轉，開下小路，開始橫越大地，開向遠方一片山脊。她抖了一下，穩住身子，緊抓車門把。她緊張地問，「這裡有路嗎？」

他搖搖頭。「沒有，」他說，「我們開在雪殼上，這裡開始才好玩呢。」他咧嘴一笑，彷彿要強調他很幽默。

她靜靜坐了一會兒，終於冒險問他車子是否會傷到地表，他們可以這樣開嗎？未受侵擾的地景不知為何觸動了她。他們感覺開在杳無人煙的野外，從未有人涉足，彷彿他們沒有權利在這兒。

「別傻了，」他吼道，「當然可以。」

他的口氣嚇了她一跳，害她不確定該如何回應。不過她本來就跟他不熟，難道在他友善的外表下，可能藏有更黑暗的一面？

她試著甩開心頭的憂慮。

他突然問，「妳要試試看嗎？」

她問道，「什麼？」

「妳要試試看嗎？」他重複一次，「開車。」

「不行，我沒開過四輪傳動車，也沒在沒路的深雪中開過車。」

「別傻了，試試看吧。」他笑著說，彷彿只是在親切閒聊。

她一臉懷疑地搖頭。

他見狀便剎車，關掉引擎。這兒前不著村後不著店，早已遠離馬路。山區在前方更遠處，看來是他們的目的地。

他輕柔地說，「從這兒換妳接手。」他毫不遲疑跳下車，大步繞過來，打開副駕駛座的門。「小孩子都會開，沒什麼。我答應帶妳去冒險，妳忘了嗎？」

她緊張地爬下車，小心翼翼踩著深雪走到駕駛側，坐到方向盤前。幸好四輪驅動車是手排，她也習慣開手排車。她發動引擎，小心打到一檔，緩步前進，慢慢在雪地開出一條路。

他挑釁她，「妳可以開快一點。」她謹慎打到二檔，腳更穩地踩住油門。

「那邊——妳的右邊，那邊比較好走。」擋風玻璃內側的衛星導航系統顯示混亂的畫面，他仔細盯著，指揮她前進。「現在就轉，快點！我們得避開禾草叢。」

她急向右轉。這種情況下幾乎沒有犯錯的空間，她一度害怕轉不過去，車子會翻覆。她的心撲通撲通撞著肋骨，不過車子順利轉彎了。

「卡在禾草叢簡直是惡夢。」他解釋完，又盯著衛星導航系統，笑著宣布，「現在妳在過河了。」

「過河？當真？我們下面有河？」她的心又開始狂跳。

「當然，冰層下面到處都是水。」

「你真的確定我們安全？」

「這個嘛……」他故意停頓一下。「我們只能禱告冰層不要現在破掉囉。」

她不自主抓緊方向盤，他嘲諷的笑聲完全無法緩解她的恐懼。

第二十二章

農舍位在靠近海岸的山邊，人煙稀少，距離瓦特納冰原和大海之間廣闊平坦的沙地不遠。母親牽著女兒的手，站在院子裡，可以看到高山、冰河、沙地和大海的壯闊絕景。她沒有來過冰島偏遠的東南角，她不否認此地景色優美，但她不是為欣賞美景而來。她是來和女兒道別：把她送人領養，跟陌生人一起留在這孤獨的地方。

儘管她盡力想忍住眼淚，她的父親顯然還是感到她心不甘願。他刻意稱讚這對夫婦慷慨好心，強調小女孩在鄉下長大，享受大自然和清新海風的懷抱，一定會很健康。他向她保證，小孩子適應很快：她已經歷過一次劇變，雖然要她這麼快又適應一次不公平，還是速戰速決好。畢竟她留在鎮上哪有未來可言？他們都沒什麼錢，只能辛苦奮鬥，永無止盡掙扎，才能維持溫飽。這種生活對小孩太辛苦了，他的孫女應該過得更好。父女倆沒有明說，不過東部這對夫婦願意補貼他們家的開支，那筆錢遠超過他們養大孩子的成本。雖然他們不會說出口，但兩人都知道他們其實要賣了小女孩，換來一大筆錢，真正改善他們的生活。血腥髒錢，就這麼簡單。女孩的母親已下定決心，一毛錢都不會碰。她父親想怎麼用是他的事，要拿去還債也行。不過即使她不願承認，其實她只要繼續跟父母住，就會直接或間接受惠。

她落在後頭，緊抓著女兒的手，父親則緩緩走向房子。屋主一定知道他們到了：四處沒有其他人。

她注意到女兒在發抖：即使天氣好，山上還是吹下冰冷的山風。或者小女孩能感知到糟糕、重大的事要發生了。

母親看著她父親走向大門，腦中只想到，我怎麼會讓人說服我這麼做？

她將小女孩擁入懷中，緊抱住她，試著讓她別發抖了。他們搭飛機加轉車，長途跋涉才到這兒。貌似農場工人的年輕人在機場接他們，他還坐在車上，無疑收到命令，不得打擾即將發生的敏感面談。

大門打開，一名中高齡男子出來，和藹地迎接他們。現在沒辦法回頭了。眼淚順著母親的臉頰潸然而下，小女孩看到也開始嗚咽。兩名男子是老友，他們瞥了兩人一眼，繼續說話。母親和孩子只是臨時演員，在整齣大戲中扮演的角色有限。女孩的外婆促成這次決定，卻無法承受跟他們來，真是諷刺。

母親發現她的擁抱立刻有效安撫了小女孩，讓她不再發抖。這時她感覺像女孩真正的母親，不只是玻璃後面的女子。她希望——即使渺茫——小女孩跟她的感受一樣。

她聽到喊聲，她父親叫她們過去，要她們進屋。她猶豫起來，所有疑慮都浮上表面。她朝房子斷斷續續走了幾步，接著完全停下來。夫婦倆站在門口，露出應該要是和善的笑容，但她不覺得他們的善意發自內心，笑容好像只是想拉攏她。

突然她做了決定：她不要踏進那棟房子，不要把小瑚達留給他們。

「我要回家。」她清楚宣告，聲音堅持到自己都嚇了一跳。她的父親盯著她，不發一語。「我要回家，」她重複一次，「瑚達要跟我走。」

他走過來，伸出雙臂摟著她們說：「好吧，妳決定就好。」

他臉上帶著笑。

她緊抱住她的小女兒，發誓再也不會讓她走了。

第二十三章

瑚達把車停在警局外面，坐在車上好幾分鐘，就是無法鼓起勇氣進去，很擔心要面對毛納斯。她並不後悔，決定進一步探查艾蓮娜的死沒有錯，她也不打算束手放棄調查。拜訪奧奇也有其必要，雖然事後來看，或許她不該那麼著急，可以先多蒐集一些情資，不過都要怪她給自己設了這麼短的破案期限。

她幾乎沒有多想就掏出手機，打電話給彼得。他馬上就接了。

「瑚達，」他雀躍地說，「我一直在等妳電話。」他似乎總是心情很好，永遠都態度正向，個性陽光。嗯，她真的很喜歡他：她怎麼可能不喜歡呢？

「喔？」她馬上後悔回答如此簡短。她是聽到他的話太驚訝，不是故意要沒禮貌。

「是啊，我想說也許今晚能再約妳見面，我本來打算提議在家煮飯給妳吃。」瑚達回答，「聽起來很棒。」明亮的夜色害她一瞬間忘記早過了晚餐時間。「我是說……本來會很棒。」

「我們還是約吧，我可以現在下廚，食材都準備好了，包括一塊上等的羊肉——我可以把肉放上烤盤等妳。」他彷彿突然想到，又補上一句：「除非妳已經吃過了？」

「什麼？沒有，沒有，我還沒吃。」熱狗不算。「我，呃，我很期待。」她發現她太擔心等一下跟毛納斯的面談，壓力大到呼吸急促。她希望彼得沒發現，免得他開始問尷尬的問題。

她坦承想到要見他，心中就充滿溫暖的光輝。她迫切需跟人聊聊：聊艾蓮娜和她的案子，聊放棄工作。還有其他事情得告訴他。

「太好了。妳在路上嗎？還要多久？」

「我得先進警局一趟，不會太久。」至少她希望不會。

通往毛納斯辦公室的走廊從來沒有感覺這麼長。他的門開著，她正要舉手敲玻璃，表明她到了，他就抬起頭來。他眉頭深鎖，緊緊蹙額，她馬上看出接下來不會太好談了。她感到不妙，他似乎完全是為了她，才在美好的春天晚上進來工作。她到底做錯了什麼？她應該取得更明確的許可，才重啟調查嗎？還是奧奇申訴她？不難想像那種人的朋友位高權重，深具影響力。

毛納斯吼道，「坐下。」

通常他的口氣會冒犯到她，但現在她太焦慮，只乖順地坐在他對面的椅子等待。她都還沒有機會張嘴。

「今天傍晚，妳是不是去拜訪了奧奇・奧卡森？」

她點點頭。試圖否認沒什麼意義。

「老天，妳在想什麼？」毛納斯的不耐似乎爆發成了怒火。

瑚達揪起臉。她預期他會稍稍訓斥她，可沒料到他會這樣發火。

「什麼意思？我……我只是依照——」

他打斷她：「好啊，妳就說吧，解釋清楚。妳都快退休了，我可不想開除妳。」

瑚達打起精神。「我收到密報，聽說他涉足人口販運，或跟賣淫集團有關。」

「妳的密報哪兒來的？」

瑚達絕不可能供出凱倫。「我的線人：我不能給名字，但我……我通常能仰賴……他的資訊。」

難道凱倫給她假消息？難道她去見一名老實的商人，指控他涉及組織犯罪？這可就難看了。

「我想問，妳為什麼決定去調查人口販運集團？」毛納斯的口氣無比輕視。

「你叫我挑一個案子。」

毛納斯困惑地重複，「挑一個案子？」

「對，調查到我必須離開為止。」

「喔，我想起來了，但……我只是隨口說說，沒想到妳會當真。我以為妳會回家休息，打打高爾夫，或做些什麼妳平常的消遣。」

「我會去爬山。」

「喔，好吧，我以為妳會去爬山之類的。老天，妳在搞什麼，沒告訴我就去查案？」

「我以為你已經同意了。」她的聲音穩多了，心跳也慢下來。她準備好反擊的武器。

「所以是哪個案子？」

「有個俄國女生死掉，陳屍在沃斯里旭斯頓。」

「我知道，亞歷山大的案子嘛？早就結案了啊。」

「我不敢說，他的調查有夠丟臉。」

毛納斯尖銳地問，「妳說什麼？」

「拜託，毛納斯，你我都知道，亞歷山大的手法說好聽一點就是碰運氣。」瑚達有點訝於自己的膽量。她一直想說，卻從來不敢，不過現在她沒什麼好怕了。

毛納斯沒有馬上回答，但他終究退讓了：「他可能不是我們最好的警探，但……」

「算了，你只能相信我。我認為案子還有內情，當初我們忽略了。假如她遭到謀殺，我們有義務查清楚。」

毛納斯說，「不……不……已經結案了。」然而她聽得出他語帶遲疑。

「你不能開除我。工作這麼多年，我總該有點權利吧。」

他靜了一會兒，突然問道：「這跟奧奇有什麼關係？」

「俄國女孩可能被帶來賣淫。如果我的情報錯了，我很抱歉：我無意打擾無辜的人。」

「無辜的人？」毛納斯大笑，雖然他聽起來一點都不開心。「他黑到不行，該死的問題就在這兒。」

「什麼意思？」

「他經營很大的性販運集團。」

「所以他沒有來申訴我囉？」

「妳瘋了嗎？老天，沒有，他啥都沒說。妳只是剛好毀了好幾個月的苦功。我們一直在監視他，據我們所知，他完全不知情，直到今天晚上——真是謝謝妳啊。」

瑚達震驚極了。「你是說我——？」

「對，妳……我們有監控他家，看到妳進去，但已經來不及了：覆水難收啊。我們無法得知現在他在做什麼——警告同夥，銷毀證據。警方團隊正在召開緊急會議，決定是否要認賠殺出，現在就逮捕他。可是他們需要更多時間，蒐集對他不利的證據。整件事亂成一團，都是妳的錯，也就是說我的脖子也不保了。」

「我不知道該說什麼，我完全不知情。」

「拜託，妳當然不知情！因為妳沒想到要先跟別人確認。妳的問題永遠都一樣——完全不懂得合作。」毛納斯握拳一捶桌面。「每次的結果也該死的都一樣。」

瑚達聽了大為光火：「我跟你說，有時候我也是逼不得已。這些年來，你和你的好夥伴也沒有很積極跟我『合作』。有時候沒有人願意跟我共事，我只能一個人辛苦辦案。你們男人搞小圈圈，排擠我。喔，我不是要抱怨喔——現在講太晚了，況且吐苦水也不是我的風格——我只是希望你知道狀況，免得下一個女生也要忍受同樣的鳥事。」

毛納斯似乎很訝異她的反應。「我對待妳跟部門其他人完全一樣，沒道理坐在這兒聽妳胡說。」

瑚達聳聳肩。「毛納斯，你沒這麼笨吧。反正我要走人了，以後不關我的事了。」

「我們就談到這兒吧。案子已經結案了。」

這回換瑚達握拳捶向桌面。連她自己也嚇到了，所有隱忍的怒氣都衝了上來：「不，我需要更多時間才能完成調查。你至少欠我這一次吧？」

見她發火，毛納斯僵坐在位子上，臉上毫無表情。

「我還需要幾天，或許一週。我會向你匯報，就不會再礙到同事了。你應該很清楚，我絕對不是故意的。」

他坐著想了一下，才不甘願地讓步：「好吧，我給妳一天。」

「一天？絕對不夠。」

「妳就給我好好利用，我受夠妳了，妳只能早點開工囉。說好了：我明天不管妳，好嗎？但隔天妳就要進來，把桌子清空。然後妳就可以開始適應退休生活了。」

第二十四章

天色越來越暗。

開了一會兒，她多少掌握到如何應對積雪了。四輪驅動車對方向盤的操縱反應很好，凍結的僵硬冰殼也承載住他們的重量。預報的暴風雪還沒到，不過已開始飄下幾朵雪花，可以打開雨刷了。

他終究沒說錯：這是旅行的一部分，她決定參與冒險的一部分。現在她後悔一開始居然逃避挑戰。

她開了好一陣子，又把方向盤交還給他。他飛快前進，直到山頭聳立在前方，他才放開油門，減速停下來。

「可以了，我們把車停在這兒。」

她下車走進輕微的雪霧，觀望四周。她疑惑地問，「我們要爬上山去嗎？」看到一片雪白中露出來的黑色陡峭懸崖，她退縮了。

他搖搖頭。「沒有要爬到頂，只要翻過山脊到下一個山谷。不過這段路不好走。」

黑夜以驚人的速度襲來，她只希望能趁還有微光時抵達目的地。這兒的夜晚伸手不見五指：沒有遠方小鎮的燈光，只有高山和雪。

「會……會有其他人嗎？」

他直白地說，「沒有人會來這裡。」

他從車子搬下行李，旅行袋已經跟其他裝備放在雪地上。他探進其中一個袋子，扯出一件厚厚的傳統冰島毛衣，以冰島羊毛手工編成，領口邊有一圈白色、褐色和灰色的獨特鋸齒圖案。

他咧嘴笑著說，「來，穿上去，不然會冷死。」暮色中，很難看出是哪種笑。

她沒有反抗，脫下厚重的羽絨外套。一陣顫慄竄過全身。她告訴自己，可能只是太冷了，但再想一下，或許……或許是因為害怕。

他把旅行袋交給她，她背起袋子，重量壓得她踉蹌幾步。不出一會兒，她的手指似乎就完全喪失知覺，必須叫他幫忙從她的袋子挖出手套。戴好手套後，他們繼續走，在越來越厚的雪地中緩慢前進，直到他終於停下來。

「我們要試著從這裡爬上去，妳覺得妳可以嗎？」

她看到前方一道陡峭的白色斜坡，往上延伸到看不見的高處。光線漸暗，雪花又刺痛她的眼睛，她看不清楚頂端。

他又問了一次，「妳覺得妳可以嗎？」

她遲疑地點頭，等他領頭。

短暫沉默後，他催促道，「妳先。」她不敢相信她的耳朵。沒有人協助，她不可能獨自挑戰這道峭壁。

「我？為什麼？」

「我不確定上面積雪多穩。如果雪崩，我還可以挖妳出來。」

她站在那兒，嚇得動彈不得，心想他是否在開玩笑，又擔心他非常認真。

他把掛在她背包外的登山杖交給她，要她開始走。

別無他法，她只好緩步前進，小心翼翼往前走。起初坡度不太陡，但爬得越高，斜率就增加得越快。她試著專心一次走一步，視線朝下，努力不要失去平衡。

時不時她會往上看，但白色地面和飄雪混合為一，她怎麼樣都看不到陡坡的終點。腳越來越難抬起來，抓地力也越來越差。很快她每走一步就會往後滑，有時要嘗試好幾次，才能往上爬幾公分。她試著用鞋尖在雪地中踢出落腳處，但效果有限。一陣暈頭轉向的恐懼湧上，她感到自己失去平衡，倒退滑回半路上。

第二十五章

幾朵雲劃過彼得家花園的高大冷杉頂端，彷彿以寬闊的筆刷畫在天空藍色的穹頂上。延後西沉的太陽也逐漸落下。通常每年這個時節，瑚達都充滿活力，但今天沒有。見過毛納斯後，她筋疲力盡，疲憊到無法繼續查案：艾蓮娜必須等到早上了。

彼得顯然在廚房窗口觀察她到了沒，因為她還沒敲門，他就開門了。她努力不要表現得很累。

「瑚達！快進來。」他的態度一如往常溫暖，像醫生在跟最喜歡的病人說話。他領頭走進起居室兼餐廳，桌上已擺好餐具，整桌的注目焦點是她見過最鮮嫩多汁的羊排，明顯剛從烤爐起鍋，聞起來可口無比，瑚達這才發現她餓壞了。如她所願，彼得也開了一瓶紅酒。幸好她有所準備，把車子停在家，搭計程車過來。她說，「看起來真好吃。」

他替她拉開椅子，她感激地坐下，感到倦意從四肢散出。彼得鑽進廚房。她坐著感覺有點怪，彷彿她不屬於這裡，彷彿她不請自來。然而她心中又有一部分覺得好像回到了家。或許是因為她從起居室的窗戶可以看到院子，稍稍令她想起奧爾塔內斯老家的院子。

彼得家很溫暖，不僅如此，還有一種溫馨居家的氛圍。嗯，她能輕易想像自己住在這兒，享受彼得的陪伴，跟他一起煮晚餐，暢飲葡萄酒到深夜……

彼得問道，「今天工作很忙？」他端著一碗青菜回來。「我今天沒什麼事。退休後妳就會愛上這種日子——尤其妳這麼健朗，又喜歡戶外活動。」他露出微笑。

「我想是吧。」瑚達懊悔地回答，「嗯，確實可以說我今天滿……辛苦的。」

彼得坐下。「趁熱自己拿，這樣烤通常很好吃。偶爾能替人煮飯真不錯。」

「謝謝。」她咬了一大口。口味美妙極了：彼得顯然是非常優秀的廚師，絕對可以替他加分。

他問道，「怎麼了？」

「什麼？」

「今天，我看得出來出事了。」

瑚達思索要告訴他多少。她完全信任彼得的口風，所以討論案情沒問題。然而她不想提到她和毛納斯的對談，多少因為她愧於自己的粗心錯誤，即使她當時立意良善。

沉默持續了一兩分鐘，卻沒有變得尷尬。她很訝異自己開口說：「我剛才去見我的上司，他希望我放棄調查。」

「馬上嗎？」

「對。」

「為什麼？妳會照做嗎？」

「我去訪談了一位我不該接觸的人。說來話長，不過簡單來說，我的調查和另一樁調查相衝了。我完全不知道他們另有調查，不過我必須承認，我沒有呈報上司，他不知道我在做什麼，所以一部份是我的錯。」她嘆了一口氣。「原先負責案件的警探也在生我的氣。說真的，我現在不太妙。」

「我相信最後都會解決的。」一如往常，彼得顯得毫不擔心。「就我對妳的了解，妳不會束手放棄。」

瑚達笑了。「沒錯，我設法跟他多要了一天。我在職的最後一天。」

「那妳一定要好好利用囉。」

「講得好。」她舉起酒杯，喝了第一口。「也就是說，我最好少喝這瓶美酒。」

「明天過後妳就自由了，恭喜！」

「你真的很會看事情好的一面耶。」

「我們不該慶祝妳退休嗎？」

「你想的話也可以。」瑚達放柔聲音說，「這頓飯就像在慶祝，太好吃了。」

「我們可以去爬埃夏山。」彼得提議，「妳覺得如何？我不記得爬過幾次了，但永遠爬不膩。不是每個人都這麼好運，後花園就有那種山。晴天的時候，俯瞰城市的景色……」

瑚達回答，「你不用說服我了——我們去吧。」好久以來，她發現自己第一次衷心期待一件事。短短一瞬間，她考慮拋下艾蓮娜，優先照顧自己，聽從毛納斯的心願，立刻退休。她幾乎要建議他們明天就去爬埃夏山。

話都湧到舌尖了。

然而當她開口，說出來的卻是：「好，那就後天吧，我還需要一天查案。」她立刻感到強烈的不安預感，告訴她這個決定錯了。

連續兩晚，他們紅酒都喝多了。瑚達畏懼早晨的到來，擔心她又會睡過頭，加上太過宿醉，無法有效工作。不過彼得似乎喜歡她在這兒，她也承認她享受他的陪伴。早已過了午夜；時間呼嘯而逝，他們講起話似乎毫不費力。瑚達不願結束美好的夜晚，便緊坐在他的皮沙發上。

他們現在並肩坐著，仍小心保持距離。彼得明顯注意不要靠太近：他知道他在做什麼。

他提到，「昨天妳說妳從來沒見過父親。」

瑚達點頭。

「妳母親有結婚嗎？還是她一個人把妳帶大？」

「沒有，她沒有結婚。我們跟我外公外婆住。」瑚達說，「我和我外公是好朋友——我跟他最親，我猜我們某些地方一定很像吧。他可以說是我和母親那邊親戚的橋樑。我和母親從來沒那麼親，但多謝阿公，我感到有歸屬，不知道這樣講你懂嗎？我沒見過父親那邊的親戚。沒有阿公，我認為我的童年不會多快樂。」

彼得點點頭，她覺得他可以理解。

「我但願自己有見過父親。」她用低沉沮喪的聲音繼續說，突然覺得想哭。一定是酒的關係：她知道她已微醺，但又喝得太開心，不想停下來。

「我很好奇，」彼得開口，好心轉換話題，又沒有偏離原先的主題太遠，「那個年代給單親媽媽帶大是什麼感覺？我知道現在理所當然，但我記得以前大家會說我一個同學沒有父親——我是說，沒有人知道他父親是誰。」

瑚達坦承，「確實不好過。」她探向酒瓶，倒滿他們的空酒杯。「很不好過。我記得她老是在換工作。你也知道，那個年代女人負責養家很不尋常。因為有我，她又未必能如願全力工作，真的很掙扎。我們手頭很緊——這麼講完全不誇張。我們沒有流落街頭，純粹是因為有幸住在外公外婆家。我們不會餓肚子，但沒有閒錢花在別的地方，沒有人買得起奢侈品。我相信你能想像，小時候我覺得這種生活很辛苦。」

「這個嘛，不瞞妳說，我其實不太能想像。」彼得緩緩說，「我父親跟我一樣是醫生，所以我們家一直過得很好，很幸運。貧窮影響到孩子是最糟糕的了。」

「其實……」瑚達沒說完。酒精令她有點糊塗，懷疑她本來要說的話是否明智。她應該告訴這個人多少？她可以相信他嗎？不過偶爾敞開心胸，談談往事或許不錯，甚至很健康。她壓抑太久了：或許這就是她在等待的機會。她向來無法在警局談私事，年輕同事對六十四歲老女人的生活點滴毫無興趣。即使狀況好的時候，她的朋友——她**真正的**朋友——也用一隻手就數得出來。她決定冒險一試：「其實，我的生活本來可能完全不同。」

彼得說，「喔？」他答得很快，絲毫沒有口齒不清。瑚達朦朧的腦袋不禁好奇她是否喝得比他多。

「我還是小嬰兒的時候，母親把我送去一間機構——幼兒養育之家，有點像孤兒院。阿公告訴我的，母親一個字都沒跟我提過。那個年代，未婚媽媽送走孩子是正確妥當的決定。從阿公的暗示來看，我想他和阿嬤一定有脅迫她，但後來他反悔了。他說我出生沒多久，就跟母親分開了。你記得那種養育之家嗎？」

「我個人沒印象，不過當然聽說過。」

「據說我母親定期會來訪視，我想很正常吧。阿公說他很敬佩她。等她存夠錢，馬上就去接我了。她有權利領回小孩，雖然我想機構裡的小嬰兒通常都會被送去寄養或領養。」

彼得問道，「妳在那裡很久嗎？」

「將近兩年，已經夠糟了，但還有更糟的。那段期間，我母親從來不能碰我或抱我，我聽說父母只能隔著玻璃隔板看他們的寶寶。工作人員認為父母如果抱了小孩，他們離開時小孩會無法接受。」

「我想妳應該不記得……？」彼得沒把問題問完。

「嗯，我完全不記得那段時間。」瑚達說，「我太小了。不過後來我去過當年養育之家所在的房子，幾百年前的事了。走進大門的感覺好怪，我感到排山倒海而來的既視感。玻璃隔板不在了，但我看過照片。我走過走廊，直覺停在一扇關起的門前，問帶我參觀的女子，以前小孩是否睡在這裡。她點點頭，跟我說沒錯。她一打開門，我就感覺到了。我知道，我就是知道我睡過那個房間。你不需要相信我，但那次經驗非常奇怪。」

彼得說，「我相信妳。」一如往常，他回答毫不遲疑，而且從不會說錯話。

「我對幼年時期倒是有一段真的記憶。」瑚達繼續說，「他們本來打算送我去寄養——這時母親已接我回來，住在外公外婆家。一對夫婦有意願領養我。這也是阿公告訴我的，不是我母親，不過我沒道理懷疑他，而且我其實隱約也記得一點。我記得搭飛機——一定是往東飛，才符合地點，那對夫婦住在冰原沙地間的史卡法勒區，那個年代要去挺麻煩的。當時我還很小，但我一直記得那趟旅程。我們從來沒有離開過雷克雅維克，我想旅途太特別，我才記得吧。」

「我問妳……」彼得遲疑了一下，彷彿不確定該不該繼續，「或許這麼問不太恰當……」

「你問吧。」瑚達說完馬上就後悔了。

「好吧……現在回頭來看，如果妳能選擇，妳會想要讓母親養大嗎？」

他問倒了瑚達，或許因為幾乎出於潛意識，她常常思索同樣的問題，卻得不出明確的結論。她的童年快樂嗎？很難說，可能根本不快樂。然而她也無法得知如果給陌生人帶大，狀況是否會比較好。錢重要嗎？她生於貧窮，總是要拼命才能勉強度日，難道對她造成永久的影響嗎？

她回想年幼時期，試圖記起一些快樂的回憶。她記得有一次坐在臥房聽故事，她忘了故事內容，但記憶清晰溫暖。坐在她旁邊的人是阿公，不是母親。她也記得大概八、九歲時，她去了街角的商店，那家店現在早已關門多年了。暑假她替阿公工作，協助他在小公寓到處親手裝修，存了一小筆錢，便拿自己的錢去店裡買東西。回憶都跟她的阿公有關，不是母親，然而母親總是對她很好。

她思考好一陣子才回答。「我就坦白說了，以後如果後悔，就怪我喝醉了吧。我的童年也許能更快樂，雖然我無法判斷寄養是否能解決問題。我倒是認為，也很確定，如果出生後能跟母親在一起，我的生活會好很多。我知道小孩不應該記得出生頭幾年的事，但記得是一回事，感知又是另一回事。我認為我感受到她的不安，結果影響了我一輩子。我也認為可憐的母親把我交出去後就覺得愧疚，一直到過世為止，而愧疚是很沉重的負擔。」

「對不起，瑚達，我不是故意問這麼……尖銳的問題。」

「沒關係，我對過去沒那麼敏感了。覆水難收，沒必要為此難過，就這樣。不過我還是難免會後悔：那些事總是躲在夢中，等著偷襲你。」瑚達放任沉默降臨。她掃視精美的起居室，不是第一次想到，彼得從來不知道生活匱乏的感覺。

他張嘴要說話，但她搶先一步：「你一直問我的事。」她笑著表示沒有怪他。「現在換說說你吧。這棟房子是你和你太太蓋的？」

「嗯，妳說的對。住在這裡很棒，立地非常好，位在不錯的社區。我們一度差點賣掉房子，不過我很慶幸沒賣。我離不開這兒，太多回憶了——當然有好也有壞——我打算就待下來，不過房子實在太大了。」他頓了一下，又補上：「對一個人來說啦。」

「為什麼？」

「嗯？」

「為什麼你們差點賣掉房子？」察覺到他閃爍其詞，啟動了她的警探直覺。

彼得沒有立刻回答。他起身拿了另一瓶酒，又坐回沙發，仍保持禮貌的距離。

「大概十五年前，我們一度差點要離婚了。」瑚達看得出他難以啟齒。

她靜靜等待。

彼得停了好一陣子，又喝了一口酒，才進一步說明：「她外遇了，已經持續好幾年，我完全不知情。當我意外發現，她就搬出去了。我訴請離婚，就在離婚要成立時，她來見我，懇求我再給她一次機會。」

「你覺得原諒她容易嗎？」

「嗯，是啊。或許因為是她吧，我愛她這麼多年，這一點從來沒變。但我猜我天性就這樣，我向來很容易原諒人，不知道為什麼。」

聽到這兒，瑚達反思他們或許沒有她想得那麼配，因為她絕不會輕易原諒人。

「妳提到以前妳住在奧爾塔內斯？」他改變話題問道，「妳在那邊有房子嗎？」

「對，房子……」她頓了一下，小心選詞用字，「所在地很美，就在海邊。我還是很懷念海潮的聲音。你呢？你住過海邊嗎？」

「一次而已。我父親在東部當醫生，但我算是城市小孩，從小長大聽的是車陣的吼聲，不是海浪。妳先生過世後，妳把房子賣了？」

「對，維修費用太貴了。」

「妳說他滿年輕就過世了吧？」

「五十二歲。」

「真可惜，太可惜了。」

瑚達點點頭。

他們談論的話題雖然陰暗，起居室感覺卻像寧靜的避風港，室外夜空呈現五月最暗的顏色。然而就在此時，她的手機響起，擾人的響亮鈴聲劃破平靜。瑚達一臉抱歉瞥向彼得，手忙腳亂探進包包深處。當她看到來電名稱，說她很驚訝還有所不及，畢竟現在都超過半夜了。來電者是撞倒戀童癖的護士；瑚達假裝她沒有自白，放了她一馬。她本來希望再也不用聽到這件事了。

瑚達沒有接起電話就掛掉。「抱歉，永遠不得閒。」

「我想也是。」彼得笑了。

瑚達把手機放在桌上新開的紅酒旁。顯然他們還沒聊夠，瓶子裡還有很多酒。

她的手機又響了。

「可惡。」瑚達喃喃低語，聲量比她想得大聲。

「妳就接吧。」彼得和善地說，「我不介意。」

可是瑚達完全不想跟那不幸的女子說話，她八成還在焦慮她犯了罪，迫切想跟唯一知道事實的人傾訴，好撫慰她的良心。瑚達可不打算聽她告解，現在尤其不想。她很享受彼得的陪伴，沒道理毀了這麼好的氣氛。

「沒關係，不急。其實我不懂她幹嘛這麼晚打來，也不替別人著想。」瑚達又掛掉電話，這次還把手機關機。「好，這樣或許就沒人會來打擾我們了。」

彼得看著她空了一半的酒杯，問道，「再喝一些？」

「聽起來不錯，謝謝。不過這杯喝完我就該停了，別忘了我明天還要工作。」

彼得替她斟滿酒杯。他們陷入頗長的沉默，瑚達沒什麼想說，她太累了，酒精只讓她更累。

有點出乎她的意料，彼得問道，「你們刻意決定不生小孩嗎？」他們剛才聊到瑚達的先生，或許是自然延伸的話題吧。

她沒有料到這個問題，不過她應該知道遲早要告訴彼得；如果他們的關係繼續發展，她沒有選擇。

她花了一會兒思考怎麼回答。彼得以一貫的耐心等待，似乎從來不會厭煩。

她選了最簡單的答案，終於開口說，「我們有過一個女兒。」

「對不起，我以為……」彼得顯得驚訝，還有點困惑。「我記得妳說……我以為妳和先生沒有小孩。」

「因為我刻意避談這件事。對不起——我還是覺得要談很難。」瑚達聽到自己聲音哽咽，趕忙努力不要揪起臉。「她過世了。」

「我不知道該說什麼好。」彼得遲疑地回答，「我非常遺憾。」

「她自殺死的。」

瑚達感到眼淚滑下臉頰。她確實不習慣談這件事，雖然每天她都想到女兒，卻幾乎很少提到她。

彼得不發一語。

「她過世的時候好年輕，才剛滿十三歲。後來我們沒有試著再生小孩。那時勇恩五十歲，我小他十歲。」

「天哪……瑚達，妳這輩子太辛苦了。」

「我沒辦法多談，抱歉。總之就是這樣。後來勇恩也過世，我就一直一個人。」

彼得說，「以後可能不是了。」

瑚達試著微笑，卻突然遭到倦意突襲。她喝夠了，她得回家。

彼得似乎直覺察知她的感受。「是不是差不多了？」

瑚達聳聳肩。「嗯，大概吧。彼得，今晚我很開心。」

「明天晚上要再約嗎？」

「好。」她毫不遲疑就回答，「聽起來不錯。」

「也許我們可以出去吃？慶祝妳退休。我請妳去霍特飯店吃晚餐如何？」

這個提議確實很慷慨。「天哪，好，太棒了。我好久沒去，至少超過二、三十年了。」霍特飯店的餐廳是雷克雅維克最奢華的餐飲場所之一。瑚達其實清楚記得上次造訪的時候，她跟先生和女兒去慶祝結婚紀念日，一家和樂，餐點雖然昂貴，卻留下深刻的記憶。

「總不能每天晚上逼妳吃我煮的菜。那就說好囉。」

瑚達站起來，彼得跟著起身，飛快吻了她的臉頰。

「羊肉很好吃，」她說，「真希望我也這麼會烤肉。」

他們走到走廊，彼得突然問：「她叫什麼名字？」

瑚達嚇了一跳。她知道他在問什麼，卻假裝聽不懂，好爭取時間。「什麼？」

「妳的女兒，她叫什麼名字？」他口氣和善，聽起來是真的想知道。

瑚達突然發現，她已經好多年沒有說出女兒的名字，不禁感到羞愧。

「汀瑪，她叫汀瑪。我知道很不尋常。」她的名字是「黑暗」的意思。

最後一天

第一章

瑚達在床上翻身，不想起來。她把頭埋進枕頭，試圖墜回夢鄉，但回不去了：現在想睡回籠覺太晚了。以前她可以好好享受賴床的時光，但隨著年齡增長，這種能力越來越難掌握。

儘管如此，當她看向鬧鐘，她懊惱地發現她起床的時間跟前一天一樣；也就是說太晚了。

假如她想查完所有未結的線索，她需要利用今天的每一分鐘，但她才坐起身，就感到劇烈的頭痛。昨晚她與彼得相談甚歡，但她不該喝那麼多酒；她疏於練習，通常只有吃飯搭配一杯酒而已。看來她只能無視宿醉，專注在案子上，可是她對查案的興致迅速消退。現在激勵她繼續的動力，除了要對死去的俄國女孩負責，就只剩純粹的固執。她就是無法忍受毛納斯佔上風。她死纏爛打跟他多要到二十四小時來查案，她就必須用盡全力，等晚上交出報告，再跟警局最後一次道別。

她突然發現，她其實更期待跟彼得下一次約會。她已經在倒數時間，等不及今晚到霍特飯店吃飯了。

第二章

她試圖在濕滑的雪地上抬起腳，可是背後旅行袋的重量害她重心不穩，很難做到。

他叫道，「下來吧。」

她聽話跌跌撞撞爬下剩餘的路，感謝老天讓她平安回到底部。

「登山杖給我吧。」他說，「我們裝上冰爪，妳可以用妳的冰斧。」

備齊裝備後，她再次挑戰斜坡，心臟都跳到喉頭了。

爬上陡坡依然費力，不過靴子裝了冰爪後，踩在雪上的抓地力好多了。她一吋一吋往上爬，祈禱不要再失足了。她將視線直盯著前方地面，深怕在最陡的地方往後倒。她踩著艱困的步伐一步一步走，直到她注意到前進沒那麼耗力，才發現她已經通過最糟的路段，前方的路看來越發好走。她如釋重負，導致膝蓋打顫，她癱坐在雪地中等待，感到身心俱疲。斜坡太陡，她看不見他開始爬了沒，更別說爬多遠了。可是她不敢叫他，他應該只是半開玩笑提到雪崩的風險，但她還是很擔心。她怎麼會讓他說服自己做出這麼瘋狂的事？

第三章

早餐時間早過了，況且瑚達想到吃就不舒服。她決定稍作休息，便繞過轉角，到附近的超市。天氣比昨天陰沉，厚厚一層烏雲遮住天空，颳著沒道理的狂風。難道春天只來一天就走了？

天氣壞了瑚達的心情。她通常不讓難以預測的冰島氣候影響她，但她發現她希望至少今天，她過往生涯的最後一天，能有更理想的起頭。

整個晚上，汀瑪都在她夢中陰魂不散，即便如此，她難得好好睡了一覺。雖然夢境參雜著哀傷，她至少沒有夢到糾纏她多年、不斷重複的惡夢。可能只是巧合，但她猜測談到汀瑪有幫助，尤其聽者又是彼得這樣的好聽眾。也許有一天，她能跟他暢談女兒，告訴他女兒的故事，跟他說說她是多麼可愛甜美的女孩。

瑚達漫無目的走過超市走道，都沒看到想買的東西，最後離開時，她只買了唯一吸引她目光的商品：一瓶可樂、和一包波羅王子牌巧克力威化餅乾。波羅王子牌——她彷彿回到過去，想起冰島曾和東歐國家以物易物，用波蘭巧克力換冰島的魚。世界變了真多。

等她振作起來，今天的首要任務是開車去雷克雅內斯半島，看能不能一石二鳥——若能更多更好。如果來得及，她需要跟敘利亞女孩談談。女孩昨天才被逮捕，瑚達判斷她還在機場的拘留所，但她也可能已遭到遣返，搭早上的班機回國了，那瑚達就錯過了詢問她的機會。天哪，為什麼她沒先安排要訪談她，或至少設好今早的鬧鐘？退休近在眼前，她真的越來越粗心了。

她也要去一趟奈若維克的民宿，把她偷照的鮑德．亞伯森照片給朵拉看。假如朵拉不在，她也是可以把照片寄到她的電子郵件信箱，但她更想親眼看她的反應。她也許只是看到黑影就開槍，但到了這個節骨眼，瑚達覺得她不能放過任何可能。

她想到也應該趁機去看艾蓮娜過世的海灣。或應該說是尋獲她屍體的地方，畢竟她也可能其實是在別的地方斷氣。

瑚達坐上駕駛座，開出鎮外，這才意識到酒精必定還在她的血管亂竄，或許她的狀態不適合開車。上次她落到這種狀態已經是好多年前了。她開到下一個路口，迴轉開回家，叫了計程車。

能夠放鬆癱躺在後座，讓別人負責開車，她不禁如釋重負。尤其她搭的計程車是豪華新車，沿著雷克雅維克的雙線車道噗噗前進，穩定性和速度都跟她的老舊破車有天壤之別。

黑色熔岩平原出現在眼前，幾乎像是流經車窗外，毫無修飾的簡單地貌雄偉無比，卻也像不斷重複的副歌一樣單調。她想起她讀過熔岩平原的成因，有些岩漿生成早於冰島定型的西元九世紀，有些則是後來噴發而成。離雷克雅維克越遠，平坦地表上方的雲朵就越厚越黑，直到雨水開始稀稀疏疏打在擋風玻璃上。

熔岩和雨水的組合安撫了瑚達。她垂下眼皮，不是要打盹，而是鎮定身心，準備面對今天的挑戰。她腦中閃過一串畫面，但艾蓮娜不再佔據前景，反而退到汀瑪越發清晰的人影後面，現在甚至輸給彼得。

她發現自己超乎意料想著彼得，彷彿突然接受了無法避免的事實。沒錯，老年偷偷襲來，殘酷地嚇了她一跳，但隨之而來的改變可能也是好事。或許到頭來，她值得心滿意足的生活，平日晚上可以熬夜跟英俊的醫生喝酒，不用良心不安。她值得偶爾忘記惡夢，值得不用忍受廢物上司升遷超過她，不用聽他的命令。

她陷入沉思，忍不住睡著了，直到司機宣布他們快到目的地，她才醒來。她花了一會兒才看出她在哪裡：凱拉維克警局。

大白天打盹很不像她，更別說在計程車上睡著了。今天的空氣一定不尋常，一切都顯得脫序。瑚達有種不祥的預感，彷彿要出事了，只是她不知道是什麼事。

第四章

黑夜正式降臨了。等他也爬上陡坡，他們沿著平地走了一陣子，才暫停戴上頭燈。現在她可以清楚看到腳踩在哪裡，但狹窄的光圈外都籠罩在黑暗中。她問他們是否接近過夜地點了，他搖頭說，「還有一段路。」

雪花好完美，在她頭燈的光線中閃耀，以至於踏在上頭，踩破全新的雪層，簡直像大不敬。她從未體驗與自然如此強烈的連結，酷寒的束縛似乎在周圍施下神祕的咒語。她專注於自然元素之美，盡可能忘記她對旅程的顧慮。

不出多久，結冰的堅硬路面變得較厚較軟。她停下來，關掉頭燈，等眼睛適應黑暗。她在四周可以隱約看到覆蓋積雪的土墩和小丘。她清楚無比地發現，沒有他的嚮導，她會徹底迷失；她完全不知道如何找到他們要去的小屋，也無法跟著足跡走回車上。少了他，她無疑會暴露在風寒中而死。

想到這兒，她打了個哆嗦。

她重新打開頭燈，低下頭，堅毅地跟在他後頭。他們之間有段距離了，她加快腳步想趕上，但一急動作就變得草率。下一秒，她腳下的地面塌了下去。她感到自己陷入柔軟的雪，開始害怕她掉進洞穴，永遠爬不出來。好險她跌得沒有想像中深，但她無法從雪堆脫身，背著沉重的背包更不可能。她放聲大叫，一開始聲音還有些顫抖，後來越叫越大聲，直到他聽見轉頭，走回來扛她出來。她繼續前進，跟在他後面，時不時聽到水流過積雪下方。在山中異樣的寂靜中，熟悉的汩汩水聲撫慰人心。

他忽然停下來，左顧右盼，好像在查看路況。她只能勉強看出遠方高山陰暗的形狀，一層白雪遮蔽了滿布深溝的山壁。

她豎起耳朵聽河川的聲音，但汩汩水聲靜了下去。現在四周只剩寂靜。

第五章

值班的警佐說，「看來妳運氣不錯。」他說他叫奧利佛，他身材高挑，瘦高的身上沒有一絲贅肉。「運氣很不錯，因為敘利亞女孩還在。我們本來今天早上要送她上飛機，但她的律師來鬧事，妳也知道那是什麼德行。」

瑚達問道，「她的律師不會剛好是亞伯·亞伯森吧？」

「亞伯？不是，沒聽過他。敘利亞女孩的案子是個女律師負責。」

「她叫什麼名字？」

「我都不記得那些律師叫什麼。」

「不是，我是說申請庇護的女生。」

「嗯。」奧利佛皺起眉頭。「她叫什麼？……好像是雅敏娜。對，雅敏娜。」

「你們為什麼要遣返她？」

「某個官員做的決定，跟我無關，我只是負責護送她上飛機。」

「我可以跟她談談嗎？」

奧利佛聳聳肩。「應該可以吧，不過我不確定她會不會見妳，我不能保證。可想而知，現在冰島警方不是她最喜歡的人。妳為什麼想跟她談？」

他至少比瑚達年輕三十歲，可是他的口氣和態度完全沒有展現對長者的一絲尊敬。近年來經常這樣，每看到年輕一代取而代之，害她變得多餘，彷彿她的經驗一無是處，總是會惹火她。

瑚達不耐煩地嘆氣。「跟我調查的案子有關——這附近的海岸先前找到申請庇護者的屍體。」

奧利佛點點頭。「對，在費克維克海灣，我記得。找到屍體的時候，我和搭檔還被叫去現場。外國女生吧？等申請結果等不下去了。」

「她是俄國人。」

「對，沒錯。」

瑚達問道，「你對現場有什麼印象？」

奧利佛皺起眉頭：「沒什麼特別，就一般的自殺。她躺在淺水中，很明顯死了，我們沒辦法做什麼。為什麼妳在調查這個案子？」

她忍住衝動，沒叫他少管閒事。「有新的情資，我不能細講。」她往前傾，故作神祕對他悄聲說：「整件事有點機密。」

他只是聳聳肩。他對案子顯然沒什麼興趣，瑚達也清楚感到他不太相信這種老太婆能代表警方查案。

「好吧，妳堅持的話，就讓妳跟她談吧。」他好像在跟頑皮的小孩說話。

瑚達必須吞下憤怒的反駁。

「不過兩間訪談室都有人在用，」他繼續說，「妳介意在她的拘留室談嗎？」

瑚達猛然停下來。她差點要客氣地道謝，離開並放棄這條線索，但她打消了念頭。「嗯，好啊，我想沒問題。」還不如利用她身為警察的最後幾小時，試著做點什麼。

「等我一下。」

他離開，幾乎馬上就回來。

「跟我來。」

他帶她到拘留室，打開門，又在她身後鎖上門。當瑚達被關進房內，她全身一陣顫慄。小時候只要犯小錯，外婆就會叫她進去儲藏櫃，反省她的罪過。櫃子陰暗狹小，而且外婆總是會鎖門，更是雪上加霜。講到在櫥櫃關禁閉的事，瑚達的母親和外公都不敢替她撐腰。或許他們覺得沒那麼糟，但對瑚達來說卻是折磨，還留下一輩子的陰影，害她畏懼受困在狹窄的密閉空間。現在為了分心，她四處搜尋正向的事，專心去想：今晚與彼得的約會，這可以。她要自己堅強，為了自己，也為了艾蓮娜。

敘利亞女孩瘦弱蒼白，悲慘地駝著背。

「哈囉，我叫瑚達。」瑚達說英文，但女孩沒有反應。她坐的床鎖在牆上，拘留室內沒有椅子，瑚達猜測現在坐她旁邊不太明智，於是她待在門邊，尊重她的個人空間。

「瑚達。」她緩慢清晰地重複一次。「妳叫雅敏娜吧？」

女孩抬起頭，短暫對上瑚達的眼，又把視線投回地上，雙臂抱胸，像在保護自己。她好年輕，還不到三十歲，或許接近二十五歲。她顯得焦慮，甚至害怕。

瑚達繼續說，「我是警察。」

正當她懷疑奧利佛是否搞錯了年輕女子的英文能力，雅敏娜啞聲說：「我知道。」

「我需要跟妳談談，就問幾個問題。」

「不行。」

「為什麼不行？」

「妳想送我出國。」

「那跟我無關。」瑚達向她保證，維持語氣緩慢溫柔。「我在調查案子，我覺得妳或許能幫我。」

「妳騙我，妳想送我回家。」雅敏娜瞪著瑚達，明顯懷著無能為力的怒意在生悶氣。

「不，跟妳無關。」瑚達再次向她保證，「我在調查一名過世的俄國女生，她叫艾蓮娜。」

聽到這兒，雅敏娜突然有了反應。「艾蓮娜？」她說完又忿忿補上一句：「**我就知道**，終於有人問了。」

「什麼意思？」

「她死的時候，哪裡怪怪的。我告訴警察。」

「警察？是男生嗎？他叫亞歷山大嗎？」

雅敏娜說，「男生，對。他不在乎。」她的英文斷斷續續，但表達意思完全沒問題。

瑚達再次暗自咒罵亞歷山大的無能和偏見。他的報告還「忘了」寫什麼？照理講案子已經結案，但她仍感覺像在黑暗中摸索前進。

「妳為什麼覺得她的死怪怪的？」

「她拿到居留許可，可以待在冰島，她拿到**好結果**。」敘利亞女孩語氣堅定。

瑚達點頭表示理解。

女孩繼續說：「拿到好結果的人不會這樣，不會跳進海裡。她好開心，坐在樓下櫃台，整晚講電話，好開心。我們都非常開心。她是好女孩，心很暖，又誠實。她在俄國很辛苦。可是……隔天她死了，就死了。」

瑚達點點頭，卻仍對她的說詞半信半疑。她懷疑敘利亞女孩把艾蓮娜描述得很美好，多少因為她們是朋友，而且她對艾蓮娜獲得庇護的感覺又是出於自己的想像。

密閉空間開始影響到她，害她無法專心。她流了一身汗，雙手濕滑，心跳異常地快。她必須盡快結束訪談，離開這裡。她問道，「可能有人帶她來冰島賣淫嗎？」

雅敏娜看來完全沒料到這個問題。「什麼？賣淫？艾蓮娜？不，不，不，不，不可能。」她似乎在找字，想辦法駁斥瑚達的問題在她腦中種下的小小懷疑。「不，不，我肯定。艾蓮娜不是妓女。」

「有人看到男人開車來接她。他又矮又胖，開四輪驅動車——大車。我想他可能是客人……」

「不，不。可能是她的律師，他開大車。」雅敏娜想了一下，進一步解釋：「可是他不胖。我不記得他的名字，他不是我的律師，我的律師是女生。」

「妳知道開大車的男人可能是誰嗎？也許是艾蓮娜認識的人？」

雅敏娜搖搖頭。「我覺得不是。」

瑚達決定要收尾了。她的幽閉恐懼症現在非常嚴重，害她渾身是汗，心神疲乏。然而她還沒能開口，雅敏娜就先發制人：「我幫了妳，妳一定要幫我。我不能回家，不行！」她語中赤裸的絕望直覺激起瑚達心中一陣憐憫。

「呃，我覺得……不過我會告知值勤的警員，好嗎？」

「請他幫我，跟他說我幫了妳，拜託。」

瑚達又點點頭，改變話題問道：「妳知道艾蓮娜到底怎麼了嗎？有人有理由謀殺她嗎？有的話會是誰？」

「不，」雅敏娜立刻回答，「我不知道。她只認識那個律師，沒有敵人，她人很好。」

「原來如此。好吧，謝謝妳跟我談，希望妳的問題能順利解決。很高興能碰到認識艾蓮娜的人，她的遭遇真令人惋惜。妳們很親嗎？最好的朋友？」

「最好的朋友？」雅敏娜搖搖頭。「不是，我們是好朋友。但她最好的朋友是凱蒂雅。」

「凱蒂雅？」

「對，也是俄國人。」

「俄國人？」瑚達實在太驚訝，一時忘了她覺得快要窒息。「當時有兩個俄國女生？」

「對，她們一起來的，凱蒂雅和艾蓮娜。」

瑚達心想，該死，凱蒂雅八成好幾個月前就離境了。真可惜，瑚達絕對會想跟她談談。她需要更接近死者，更了解她在想什麼，她跟誰在一起，她是否在害怕哪些人，以及她是否真的被販運來當性工作者。

她問道，「妳知道凱蒂雅在哪裡嗎？」她推測答案會是不知道。「她也有拿到居留證嗎？」

「我不知道，沒有人知道。」

「什麼意思？」瑚達感到心跳加速，但這次不是因為恐慌，而是興奮。

「她不見了。」

「她不見了？妳的意思是？」

「對，不見了，或跑走了。她可能躲起來，或者出國了，我不知道。」

「什麼時候的事？」

女孩皺起眉頭。「艾蓮娜過世前幾個禮拜吧，或許一個月，我不確定。」

「妳不擔心嗎？警方怎麼說？」

「嗯……嗯，當然，但她只是跑走而已。我早該學她……我認為沒有人找到她。」

「艾蓮娜呢？她知道後反應如何？妳說她們是最好的朋友？」

「這個嘛……一開始她很生氣，她覺得凱蒂雅很笨，她覺得她們都會拿到居留證。可是後來……」雅敏娜的表情變得嚴肅。「後來她擔心了，非常擔心。」

「她失蹤有什麼原因嗎？」瑚達不期望有答案。

雅敏娜搖搖頭。「她就走了，她不想聽到要離開冰島。這裡的人……」她尋找想講的字。「很絕望。對，我們都很絕望。」

「凱蒂雅是怎麼樣的人？」

「人很好，很友善，非常漂亮。」

「有可能她才是妓女，不是艾蓮娜嗎？」

「不，不可能，我不信。」

「我了解了。」瑚達本來全神貫注訪談，現在幽閉恐懼又捲土重來緊抓住她。她不斷感謝雅敏娜幫忙，接著敲敲門，緊張地扭動身子，等奧利佛開門放她出去。

「妳要記得。」雅敏娜打破沉默說，「妳要幫我。」

瑚達點點頭：「我會盡力。」

這時門打開了。

「問到妳要的答案了？」奧利佛聽起來沒什麼興趣。

瑚達吼道，「我們需要談談，就現在。」她的口氣像上級長官指使下屬。

奧利佛鎖上拘留室前，她回頭瞄了最後一眼。一瞬間，她在門框間看到敘利亞女孩，一臉絕望。

第六章

河川浮現地面，現在他們走在山間的狹窄峽谷，沿著河岸前進。

「妳看。」他突然說，指向黑暗。「小屋在那兒。」

她朝他指的方向努力看，想看穿輕微的雪霧，但直到他們靠近一點，她才看出一顆小黑點，逐漸在白色背景前成形，變成深色木頭牆壁和上方傾斜的屋頂；遠離人煙的小屋。

等他們走到，才發現窗戶和大門都蓋滿了雪。他刮掉門前的雪堆，但是門扇凍死了，他奮鬥好一陣子才打開。進到室內，她放下旅行袋，很高興能擺脫拖累她的重量。屋內一片漆黑，不過頭燈光線能照亮掃到的地方。她看到幾張雙層床，可以睡四個人，或許更多。她坐在其中一張薄床墊上，喘口氣。

小屋的裝潢原始極了，只有一張小桌子、幾張椅子和床鋪。當初設計的目的應該是提供旅客基本的保護——好在冰島野外生存——而非舒適的環境。

「可以幫我們裝點水嗎？」他把空瓶子交給她。

「水？」

「對，下去河邊裝。」

想到又要出門走進黑夜很可怕，而且這次還獨自一人，但她仍聽話，只戴著頭燈就出去了。小屋位在斜坡上，下去河邊的路很陡，她緩緩往下走，踩著小步伐，畢竟地面滑得要命，她又沒裝冰爪：走完最困難的路段後，他們就拆掉了。她可不想跌倒滑下斜坡，摔進底下又冷又濕的雪堆。

她安全抵達河岸，把瓶子浸到冰水中，等水瓶裝滿。裝好水後，她多待了一會兒，偷喝第一口。水質純淨，澄澈透涼，直接來自冰河的融水，很適合長途爬山後消除疲勞。

她從河邊爬上斜坡，流了一身汗，因此回到小屋後，她脫下外套。她的旅伴忙著點蠟燭：他解釋過小屋沒有電，也沒有熱水。她一起幫忙，很快十株閃爍的小火苗就驅散陰影，但沒辦法散發多少熱度。

「妳最好穿上外套，」他說，「不然很快就會覺得冷了。屋裡的溫度跟室外一樣。」

她點點頭，但沒有馬上照做。她無法面對要再穿上厚重的外套，再等一下吧。

他拿出一個火爐，說冰島文叫「spritprímus」，但他不知道怎麼翻譯。他點燃火爐，加熱一些烘豆。她狼吞虎嚥吃下她的份，配上小河的冰水好吃極了，她從體內都暖了起來。可惜效果並不持久，少了身體移動，寒意開始一點一點滲進她的骨頭。他們坐在沒有暖氣的小屋裡，跟坐在室外雪地沒有兩樣。

等她再穿上外套已經來不及了，寒氣的爪子已徹底抓住她。她牙齒打顫，在狹小的室內來回踱步，盡可能恢復手指和腳趾的血液循環。

「我替妳煮點熱水，」他說，「妳要喝茶嗎？」

她點點頭。

每一口茶都將微弱的暖流送進她凍僵的身體，但隨後她又會繼續發抖。

他突然站起來，探向他的背包。

「我有……」他遲疑地開口，幾乎可說有點害臊。「我有東西要給妳。」

她不確定該如何反應。他口氣和善，她覺得沒什麼好怕。他要送她禮物嗎？為什麼？她沒有東西能送他。

他打開背包，開始到處扒翻，找得近乎瘋狂。

「抱歉……就在這裡面……抱歉。」

她有點焦慮地等他。

他終於交給她一個小盒子。在幽暗的室內，盒子看來包著金色包裝紙。

「給妳。」他差點結巴。「我找到的小東西而已，沒什麼。」

「為什麼？」她想問，但沒說出口。

她悄聲說，「謝謝。」她接過盒子，用冰冷的手指笨拙地拆開包裝。裡頭是一個小黑盒，很明顯是珠寶店的盒子。

她問道，「我應該打開嗎？」她希望他說不用。

「嗯，嗯，開吧。」

她打開盒子，看到一對耳環和一個小戒指。

這到底是什麼意思？

她不發一語，只是盯著禮物。她希望這不是什麼訂婚戒指。不可能，當然不可能……

她抬起頭，發現他看著她。

「抱歉，我去採買旅行用品時，剛好在購物中心看到。我想妳可能需要一些漂亮的東西。妳也可以拿回去店裡換貨，換手環啦，鞋子啦，都可以……好嗎？」

她回答，「謝謝。」尷尬的沉默降臨。

「我們明天一早繼續走，」他趕忙轉換話題，「晚上最好睡飽。」

第七章

「希望妳有問出有用的情報。」奧利佛說，向瑚達露出屈尊俯就的笑。「如果沒別的事，我還有其他工作要忙。」

瑚達忽視他的暗示，問道：「你知道去年有個俄國女孩從申請庇護者住的民宿失蹤嗎？」

「失蹤？這個嘛……嗯，妳說我就想起來了，我們確實有發公告徵求情報，協尋失蹤的申請庇護者，一個女生，但我不記得她是哪裡人。」

「你能查一下嗎？」

奧利佛翻了個白眼。「好，沒問題。留下妳的手機號碼，等我有空去查，就告訴妳。」他又向她露出同樣屈尊俯就的笑，惱人極了。

「你可以現在就查嗎？」瑚達大吼，口氣中的威嚴無比尖銳，嚇得他跳起來。
「現在？呃，好吧，我想可以……」
他在電腦前坐下來，一副受苦受難的樣子。
他敲打鍵盤、點擊滑鼠一會兒，然後宣布：「對，她是俄國人。」
瑚達問道，「凱蒂雅嗎？」
他瞥向螢幕。「對，沒錯。」
「發生什麼事了？」
他不耐地說，「先讓我讀完好嗎？」
瑚達嘆了一口氣。
他終於確認，「對，看來我們搞丟她了。」
「你們搞丟她了？」瑚達重複一次，震驚於他的選字。
「對，她再也沒有回去民宿。會有這種事，但不常見。有時候只是誤會，有時候他們會試著逃脫，卻忘記我們住的不過是個小島。他們都會回來。」隔了一會兒，他補充澄清：「幾乎都會。」
「可是她沒有？」

「對，沒錯，至少現在還沒，不過我們會找到她。」

「已經超過一年了，你還這麼樂觀？」

「呃，我不負責這個案子，所以我不清楚。」

瑚達不耐地問，「那應該是誰負責？」

奧利佛搖搖頭。「看來沒有人在處理，沒有人直接在管。案子還沒結案，她終究會出現。」

瑚達點點頭。「我了解了。」

「或許她離境了。」他一臉樂觀地推論，「走海路？天知道？這樣問題就解決了。」他咧嘴一笑。

「警方有搜索她嗎？」

「據我所知，當時搜索沒什麼章法。我們有四處打聽，但沒有問出真正的線索。」

「不用多說了：沒有人花心思想找到她，因為有其他更急迫的事要處理？」

奧利佛回答，「可以這麼說。」他甚至不顯愧疚，真沒風度。不過幫他說句好話，他至少開始比較認真對待她了。或許她對奧利佛有些太嚴厲了；她通常沒這麼粗魯，只是過去幾天真的太難熬。

她問道，「不知道能麻煩你載我一程嗎？」她的態度比先前客氣。她還是很累，眼窩後方隱隱作痛。

「去哪裡？」

「艾蓮娜陳屍的海灣。你說叫什麼？費克維克海灣？」

奧利佛看來想拒絕，但她提出請求後，又兇猛地怒目瞪他，表明不接受拒絕。

到頭來他同意了，但態度很差。「好吧，那我們快走吧。」

第八章

他爬到她正上方的床位。雖然距離近得令她非常不舒服，她也沒什麼辦法。她把一根蠟燭放在床邊椅子上，給她一點光。他們的頭燈擺在桌上，他關了燈，堅持要保存電力。層層包著厚重毛衣和毛料內衣，要躺進睡袋並不容易，她努力擠進去，扭著身子盡量往內鑽。她吹熄蠟燭，黑暗湧了上來，一會兒後，窗戶淺灰色的外框才隱約浮現。

天哪，她好冷，冷到不行，寒意似乎擴散到全身。她試圖拉起睡袋的頸部，緊抓著裹住身子，免得熱氣散逸。最後她決定把頭也塞進睡袋，拉起開口，只留下一個小縫給鼻子和嘴巴。即便如此，她還是暖不起來。

通常她很快就會睡著，但在陌生的環境她沒辦法。她躺在那兒，徒勞地想壓制窒息感，等待睡意到來。

第九章

離開凱拉維克十分鐘後，他們開上前往沃斯里旭斯頓的路。

「沿海岸再開五分鐘。」奧利佛大嘆一口氣，「如果妳確定真的要去，妳還要走一段路下到海邊。」

「你是說我們要走一段路吧。」瑚達說，彷彿這再正常不過，「你要跟我一起去，指給我看地點。」

聽到這兒，奧利佛認命地點頭。

他在一條小徑旁停下來。小徑看來向下通往海邊，一堆石頭擋住入口。「車子只能開到這兒，」他宣布，「沒辦法繞過障礙。」

海灣比瑚達想像中遠，天氣也很糟。她真的要這麼大費周章嗎？

她狐疑地問，「走過去要多久？」

奧利佛打量她一番，表情透漏了他的心聲：她這種老太太能走多快？

他推測，「單程十五分鐘左右。」他瞄了一眼手錶，又補上：「我跟妳說，我真的沒時間，況且下面也沒什麼好看的。」

他的反應推了她一把。他真的煩死她了——雖然平心而論，多少可能因為她宿醉——她決定就是要拖著他一路下去海邊。

她輕快地說，「我們只能盡力而為囉。」她跳下車，沿著小徑往下走。她回過頭，瞥見奧利佛不甘願地跟上來。天空還在飄雨，海風也強勁吹送，但她反而感到精力充沛。運氣好的話，風會吹走她腦中的蜘蛛網，一併帶走殘餘的頭痛。靠近大海也讓她心情好轉：每踏出一步，她都能感到身體放鬆一點。他們沿著粗糙的石頭小徑跋涉前進，低頭迎著風，兩側都是長滿苔蘚的熔岩平原，散發獨樹一格的荒蕪美感。除了鳥兒偶爾飛過頭上，放眼望去只有她和奧利佛在移動。你絕對猜不到不遠處就有農場，這塊地區夠遠離人煙，來到這兒就可能孤身一人。瑚達一邊走，一邊猜想艾蓮娜到底來這麼孤寂的地方做什麼：她是自己過來，意外死亡嗎？她是自殺，還是被未知的人引誘過來，慘遭謀殺？

瑚達提高聲量，蓋過風聲問道，「你們沒在這兒找到車子吧？」

奧利佛悶哼，「什麼？沒有。」他聳起肩膀，一臉不悅，擺明覺得比起陪雷克雅維克刑事偵查部的老太婆長途跋涉去海邊，他有更重要的事要做。

瑚達思索，他們距離奈若維克的民宿至少超過二十公里，可不是輕易步行可達的距離。亞歷山大的報告在這部分同樣不足，沒有明確指出陳屍的位置。可以合理推論，一定有人載了艾蓮娜一程。通往海邊的最後一段路車子無法通行，這點絕對很重要，不過亞歷山大也忽略了這個細節。

瑚達問道，「這條小徑最近才封路嗎？」

「喔，不是，很久了。現在這邊沒有人住，再過去只有幾棟廢棄的房子。」

「所以不太可能有人拖著屍體走到海邊？」

「妳瘋了嗎？她一定是死在海灣。我覺得要不是意外，就是自殺。妳在浪費時間，想偵破沒發生的刑案。」他唐突補上一句，「還有很多緊急的案子要處理。」

四周景色荒涼，不宜人居；偶爾會看到耐寒植物硬撐著，還有一棵光禿孤單的樹。

沒多久他們就來到房子附近，果然都廢棄了沒錯。一棟雙層屋子只剩空殼：雙面山牆的屋頂完整無缺，但天候早把牆面的灰色水泥塊侵蝕得光裸，窗戶和門都成了大洞，可以直接看穿。另一棟單層小屋頂著紅色屋頂，牆上的白油漆都剝落了。瑚達走到房子旁，停下來查看周遭，發現從任何人造建物都看不到這兒，她連停在路邊的警車都看不見。她更加堅信艾蓮娜在這個鳥不生蛋的地方遭到謀殺，沒有目擊者。**艾蓮娜，妳到底在這裡做什麼？**她又自問一次，**妳跟誰來？**

如果這裡五月就如此孤寂又不宜人居，艾蓮娜在深冬時過來是什麼感覺？她的腦袋在想什麼？她有預感會發生什麼事嗎？別忘了，她剛得知她獲准留在冰島，一定興高采烈，或許害她比平常粗心，沒有感到同伴散發的危險，直到……

「那麼快就找到屍體完全是運氣好。」奧利佛打斷她的思緒。「這裡很少人來，冬天更別說了。不過一群健行者剛好看到她，打電話報警，我和搭檔就到現場了。」

他才說完，海灣就出現在眼前。

海灣雖然不大，卻有種樸素的美，即使海風狂嘯，大海卻散發寧靜的氛圍。瑚達短暫感到幸福，大海的景色和氣味瞬間把她帶回奧爾塔內斯的老家，回到災難降臨前的日子，重回家人的懷抱。這種感覺很快過去，她的思緒又回到艾蓮娜身上。

一年多以前，她一定站在同樣的位置，看著同樣的景色，或許體驗到同樣的平靜。

「發現屍體時，她面朝下倒在海灘上，頭部受傷，但無法判斷傷口怎麼來的。她可能跌倒，撞到頭昏倒了。死因是溺水。」

瑚達小心翼翼踩著濕滑的石頭，走向海邊。雖然屍體早就不在了，她仍覺得需要盡可能靠近艾蓮娜。

「老天，小心！」奧利佛叫道，「如果妳摔斷腿，我可不要扛妳回車上。」

瑚達停下來，她走得大概夠遠了。她可以想像艾蓮娜躺在淺水中。大海如此無情：賦予冰島人生命，卻索取這麼高的代價。她的視線橫越法赫薩灣，看向山頂積雪的高大埃夏山。她的心不只為艾蓮娜淌血，也為了自己。她懷念過往的人生，美好的過去。雖然她有彼得這個新朋友，她在世上卻感到孑然一身。這一刻，這種孤寂感再強烈不過了。

第十章

等他們回到警車上，奧利佛嘟囔道，「好啦，真是浪費時間。」

瑚達說，「我不會這麼說。」

「妳把車停在哪裡？警局？」

「我……沒開車過來。」她有些不好意思地承認，努力假裝這樣工作很正常。

她覺得她瞥見奧利佛咧嘴露出狡猾的笑。

「要我載妳回去雷克雅維克嗎？」他不怎麼積極地提議，「我們都開到這兒，其實不遠了。」

「謝謝，不過我需要去奈若維克的民宿。如果你能送我去，那就太好了。」

他說，「沒問題。」

雖然雨勢暫歇，烏雲還是低掛在凱拉維克上空，隨時都可能再降下傾盆大雨。抵達目的地後，瑚達趕忙下車，並說，「非常謝謝你幫忙。」她目送奧利佛開走。

艾蓮娜最後的住處。

自從瑚達決定探究艾蓮娜的死，才經過短短的時間，她卻與年輕女子建立起強烈的羈絆。現在站在民宿門外，淋著驟降的春日暴雨，她更加強烈感到兩人的連結。她不能現在放棄，她的直覺表示她接近真相了。然而她擔心只有一天，她的最後一天，時間還是不夠。

看來她運氣不錯。朵拉坐在櫃台，聚精會神看報紙。

瑚達說，「哈囉，又見面了。」

朵拉抬起頭。「喔，妳好。又回來了？」

「嗯，只是需要跟妳講幾句。有新消息嗎？」

「新消息？沒有，這裡從來沒有新消息。」朵拉笑著闔上報紙。「會有新人，但總是老樣子。還是妳在問，那個，跟艾蓮娜有關的事？」

「沒錯。」

「沒有，這邊也沒有新消息。妳的調查進行得如何？」

「慢慢有進展了。」瑚達說，「我們可以坐下來聊一下嗎？」

「當然，拉張椅子過來，電話旁邊有小凳子。」朵拉指向櫃台附近的桌子，上頭擺了一台老式電話，旁邊放著黃頁電話簿，這年頭很罕見了。

瑚達說，「其實我想去比較，呃，比較隱密的地方談。」

「喔，這邊的房客都不會說冰島話，如果可以的話，我不想讓櫃台空著。我們已經詳談過一次，我想這次不用太久吧？」

瑚達妥協道，「對，沒錯。」她拉過電話旁的凳子，坐下來，隔著櫃台面對朵拉。

「告訴我凱蒂雅的事。」

「凱蒂雅？逃走的那個？」

「就是她。」

「嗯，我記得她。俄國人，跟艾蓮娜一樣，我想她們是好朋友。然後有一天她就不見了。」

「她失蹤警方有來調查嗎？」

「我記得有。警察有來問，但我沒什麼能跟他說。我以為她可能在哪兒耽擱了，可是她再也沒出現。我不知道警方最後有沒有找到她，但她肯定沒回來這裡。」

「還沒找到她。」

「喔，好吧。我跟她處得不錯，不管她在哪兒，希望她都過得好。」

「有人覺得她失蹤跟艾蓮娜的死有關嗎？」

「這個嘛，艾蓮娜過世是好一陣子以後了。」朵拉看來若有所思。「不過沒有，我覺得沒有。當妳的朋友為了艾蓮娜的事來訪問我，我也沒提。」

「亞歷山大？」

「對。他的態度實在不太積極，感覺對案子沒什麼興趣。我覺得妳有精神多了。」朵拉笑了。「如果有人殺了我，我絕對希望妳負責偵辦。」

瑚達聽了她的黑色幽默並沒有笑。「昨天，」她說，「妳跟我說艾蓮娜跟陌生人上了一輛四輪傳動車。」

朵拉確認道，「嗯哼。」

「妳說他又矮又胖又醜。」

「沒錯。」

「好，昨天晚上，我遇到與案件間接有關的人，所以他可能見過艾蓮娜，他也有辦法開到四輪傳動車。」瑚達想起朵拉說所有越野車看起來都一樣。或許是因為她看過同一輛車超過一次，或許鮑德開弟弟亞伯的車來接艾蓮娜。她很快就會知道了。瑚達開始在包包裡翻找她的手機，卻沒有馬上找到。她驚恐地想到她可能把手機忘在家，她現在才發現整個早上都沒有察看手機。

「抱歉，」她喃喃說，「等我一下。」

啊，找到了。瑚達鬆了一口氣。「是這樣的，我有一張他的照片。我看看……」

手機什麼反應都沒有。電池沒電了嗎？該死。

「妳不會剛好有手機充電線吧？」她問朵拉，「能夠插進這個……」她指向充電插槽。

「我可以看一下嗎？」朵拉拿起手機，按了一個按鈕，手機突然發出聲音。

「妳關機了。來，還妳。」

這時瑚達才隱約想起昨晚關掉手機。「抱歉。」她臉紅了。今天什麼事都不對勁。

她正在找照片，手機卻發出尖銳的嗶嗶聲，表示有簡訊傳來。接著手機叫了一次又一次。

瑚達大聲說，「怎麼回事？」她不是問朵拉，而是在自言自語。簡訊逐一在她的螢幕上打開。

現在打給我

馬上打給我！

現在就到警局來！

瑚達，立刻打給我！

簡訊全來自她的上司毛納斯。還有一封是亞歷山大傳的：「瑚達，可以打給我嗎？我想跟妳談談妳的調查，妳真的沒必要重啟案子。」她決定不回覆亞歷山大，也不回電。

但她不能忽視毛納斯的簡訊。**到底發生什麼事了？**

雖然她完全不在乎。

「朵拉，等我一分鐘，我得打通電話。」瑚達的心撲通撲通狂跳，她點選毛納斯的號碼，卻又猶豫起來。她真的想跟他談嗎？他可能有好消息嗎？沒有的話，他到底想幹嘛？幾個月來，他幾乎沒跟她說話，放任她自己查案，一副毫無興趣。然而開除她——可以這麼說——之後，現在他突然急著要聯絡她。難道她又礙到別人了嗎？

她鼓起勇氣，按下撥號鍵。

電話才響兩聲，毛納斯就接了——光這樣就夠不尋常了。

「瑚達，妳死到哪裡去了？搞什麼鬼！」她經常看他發飆，但現在聽到他的聲音，她發現她之前根本不算見識過他真正暴怒的樣子。

她深吸一口氣。「我開車去雷克雅內斯，看艾蓮娜陳屍的地點，另外追查幾條線索。你請我今天繼續查案呀。」

「我請妳？我讓妳吧：這兩者不一樣。妳說妳有線索？瑚達，妳根本在白費功夫！沒有人謀殺那個俄國女生。」

瑚達打斷他，「其實有兩個女生。」

「兩個？什麼意思？算了，無所謂。妳現在馬上給我過來，聽到了嗎！」

「出事了嗎？」

「廢話，當然出事了。現在就給我滾過來，我們得談談。」

他掛掉電話。她經常覺得他對她不公平，但他從來沒有這麼無禮。一定出了大事。

瑚達坐在櫃台旁，感到驚魂未定。她無法忍受不知道發生什麼事。她只能想到一定跟奧奇有關，她無意間毀了同事的調查嗎？如果是這樣，他為什麼不能在電話上告訴她？

瑚達漲紅著臉，終於擠出聲音說：「抱歉，我得走了。」

朵拉點點頭。「嗯，我想也是。不管他是誰，聽起來都不太開心！」

瑚達擠出笑容。「沒錯。」

「是說妳想問我什麼？」

「什麼？喔，對。」瑚達低頭看向手機，終於找到鮑德．亞伯森的照片。「有點模糊，不過，開四輪傳動車的那個人，有可能是他嗎？」

朵拉仔細看了手機一眼，斷然點頭。

瑚達盯著她，意外極了。

「就是他。」朵拉說，「不用懷疑了。」

第十一章

她驚呼一聲醒了過來。

她無法呼吸，快窒息了。她花了一會兒才弄清楚她在哪兒：夜半三更，躺在冰冷的小屋，裹著睡袋。

寒意實在太強，她的鼻子都塞住了，才難以呼吸。有那麼一會兒，她感覺受困在睡袋裡，便焦急亂抓，想扯開開口，近乎歇斯底里。她必須露出頭來，才能吸到空氣。

她終於成功了。

她稍微坐起身，試著冷靜，緩下狂跳的心臟。

她原本把外套當枕頭，但現在外套都皺起來，很不舒服。她重新摺好外套，盡量弄得鬆軟，再躺下來，將睡袋拉到下巴。這次她沒有蓋住頭，聚精會神努力再次睡去。

第十二章

瑚達花錢叫計程車回雷克雅維克：刑事偵查部可以出錢。她大可打電話給奧利佛，接受他的提議，但那會更花時間，她沒辦法等。

載她的司機完全沒有要閒聊的意思，剛好給她時間思考，她不禁鬆了一口氣。開回雷克雅維克半路上，她意識到她對雅敏娜食言了：她保證會告訴奧利佛她幫了警方，但後來一忙自己的事，她就忘了。她整天都在自怨自哀，現在卻感到一絲愧疚。可憐的雅敏娜在冰島沒有多少盟友，瑚達應該能幫她一點忙，做點什麼協助她。即使對艾蓮娜來說太遲了，瑚達仍全心全意想著要拯救她。可是雅敏娜還活著，瑚達有機會彌補她的錯。她下定決心稍後打電話給奧利佛，但現在不行。

天色越來越亮：運氣好的話，他們一開出雷克雅內斯，就會把小雨拋在後頭。

她和毛納斯的那通電話仍令她神經緊繃，在車上根本無法小睡。腎上腺素在她血管中流竄，她的腦袋飛快轉動。她不知道會發生什麼事，但為了最壞的打算，她決定最好聯絡彼得。

「瑚達，沒想到妳會打來。」他聽起來一如往常愉悅，「妳好嗎？」

她說，「其實有點忙。」聽到他友善的聲音，知道能信任他，能好好跟他談，都讓她如釋重負，感到心暖了起來。

「我很期待今天晚上，我訂好位子了。」

「嗯，關於這件事……有可能延到明天嗎？我不太確定今天接下來會怎樣。」

「喔，我了解。」他的聲音明顯失望，「沒問題。」

「或許等我忙完，我打電話給你？到時候我們可以去吃東西。」

「嗯，聽起來不錯。不過不能延到明天，要後天才行。」

「什麼？」

「霍特飯店的晚餐，不能延到明天，因為明天晚上我們要去爬埃夏山，妳忘了嗎？」

「喔，對，當然，沒錯。」想到這兒，她心中湧上開心的期待，等不及要去爬山，還有和彼得共度時光。

彼得說，「那我就等妳的電話了。」

瑚達回答，「嗯，希望不會太晚。」她很感激他輕易接受計畫臨時改變。

他們掛了電話，又只剩下瑚達獨自胡思亂想。她有點想叫計程車司機更改目的地，逃避跟毛納斯的面談。她完全不知道他要找她談什麼，因而感覺更糟。她只想回家放鬆，恢復鎮定，再也不用走進刑事偵查部的大門，再也不用被迫應付無能的上司，再也不用聽他訓話。但這樣她就得拋下艾蓮娜，或許也讓兇手逍遙法外。

她很清楚知道她不會這麼做：她向來做事都堅持到底。於是她靜靜坐在車上，看計程車的里程不斷增加，雷克雅內斯的熔岩平原逐漸變成雷克雅維克的城郊。窗外可見公寓大樓和有後院的獨棟大房子，現在天氣轉好，家人可以在後院歡欣烤肉。這就是瑚達失去的生活。

她心裡準備好面對接下來的風暴，但才踏進警局，她就感覺到：哪裡不一樣了。空氣凝重到刀都能劃過去。她直衝毛納斯的辦公室，眼睛直視前方，避開同事的視線。然而他難得不在辦公室，瑚達不知如何是好，尷尬地張望四周，最後決定去隔壁較小的辦公室，找他的副手。他也是晉升迅速的年輕男性，速度快到超乎瑚達想像。

幸好她不用解釋來意，他一看到她就開口了。從他的表情來看，他顯然很慶幸接下來不是他要去面談。「阿毛在會議室等妳。」他告訴她哪一間，搖搖頭，彷彿暗示瑚達早已輸了接下來的戰事。

她作夢般緩緩走向她的敗亡，像死刑犯走上絞刑台。她依然不知道怎麼回事。會議室只有毛納斯一人，他臉上的表情非常清楚表明他心情不好。她還沒能打招呼，他就簡短地問：「妳跟別人說過嗎？」

她困惑地覆誦，「跟別人說過？」

「昨天晚上發生的事。」

她說，「抱歉，我不知道發生什麼事。」

「很好，坐下。」

她隔著桌子在毛納斯對面坐下。他面前有幾張文件，但瑚達的眼力沒有以前好，看不出來是什麼。

他盯著文件，停頓好久，才緩緩說，「艾瑪・馬蓋朵蒂。」

聽到這個名字，瑚達的血都涼了。

「妳知道她是誰吧？」

「我的天哪，她怎麼了嗎？」瑚達的聲音幾乎哽咽。

「妳見過她吧？」

「對，沒錯。我跟你說過，你本來就知道了。」

「是啦。」他點點頭，放任沉默降臨，越拖越長。他顯然希望用瑚達的招數反制她，但她才不會中計；她下定決心要逼他先走下一步。

到頭來他先投降。「妳有訊問她吧？」

「對，沒錯。」

「如果我沒記錯，妳告訴我，那次訪談沒問出有用的資訊。」

瑚達點點頭，感到自己開始冒汗。她不習慣接受審問，但眼下的情況怎麼看都是審問。

「『距離破案還早』——妳自己這麼說的吧？」

她又點點頭。毛納斯等她回答，這回換她承受不住壓力：「沒錯。」

毛納斯又頓了一會兒，換上比稍早溫和的口吻說：「妳知道嗎？我有點意外，瑚達。」

「為什麼？」

「我以為妳是這一行裡最優秀的警探之一。應該說我知道妳是，妳多年的實績就是證明。」

他第一次稱讚她，也是唯一一次。瑚達等在一旁，不確定該如何反應。

「問題是，她自白了。」

「自白？」瑚達以為她聽錯了。可能嗎？都發生了那麼多事，瑚達還賭上自己的工作去救她。

「對。昨晚我們逮捕她，她坦承撞倒男子，那個混帳戀童癖。我當然同情她，但也不能否認她就是撞了人——而且是故意的。妳怎麼說？」

「不可思議。」瑚達努力想裝出可信的口氣，但顯然不太成功。

「對，不可思議。不過我們都知道，她有強烈的動機。」

「對，沒錯。」瑚達努力穩定呼吸。

「她應該會坐牢。至於她的兒子，這個嘛，天知道他會怎麼樣？真慘哪，瑚達，妳不覺得嗎？」

「嗯，當然。我真的不知道該說什麼……」

「忍不住就會同情她呢。」

「呃，我想……」

「瑚達，大家都知道妳的為人：妳願意姑且相信人，避免妄下評斷。我早有耳聞，很可惜我們一直沒能好好認識彼此。」

很可惜。真是偽善。

「妳是不是對她放水？」

「什麼意思？」

「訪談的時候。」

「沒有，差得遠了。以她的狀況來說，我算逼得很緊了。」

「但沒有結果？」

「對。」

「可是啊，瑚達，這裡我就不懂了。」他揪起眉毛，用上以前常用的熟悉口吻，聽起來高人一等。「是這樣的，艾瑪宣稱妳們談的時候，她向妳自白了……」

毛納斯彷彿在房內丟了手榴彈。瑚達感到膝蓋一軟，她有辦法順離脫身嗎？艾瑪說了多少？為什麼她要背叛瑚達？她無法理解。

或者毛納斯在虛張聲勢？

想釣出事實？

試著誘拐瑚達坦承她失職？

可是她看不透他，無法判斷下一步該怎麼走。她應該全盤托出，還是繼續對他撒謊，否認到底？

瑚達沒有馬上回答。「這個嘛，」她終於說，「說實在話，她講得很模糊。當然，那時她看到我們找到她兒子的照片，還處在崩潰狀態。或許她以為她自白了，但我跟她談的感覺不是那樣。」她擦擦額頭的汗。

「原來如此。」毛納斯仍面無表情。

瑚達意識到，他挺厲害的：她小看他了。

「所以是妳們之間誤會了，可以這麼說嗎？」

瑚達覺得每回答一個問題，她就替自己把洞越挖越深。她在會議室渾身不自在，彷彿困在這兒。

「顯然是吧。你真的確定是她撞倒那個人嗎？不管她的自白怎麼說？」

他緩緩問，「妳想說什麼？」他聽起來與其說驚訝，不如說好奇。

「或許她只是想吸引注意，尤其如果她堅持她都自白過了。」瑚達繼續試圖硬闖，即使現在她只想放棄，坦承一切。

「肇事逃逸絕對是她沒錯，我想沒什麼疑慮。重點不在這裡。」

「喔？」

「她還跟我說了別的……」

聽到這兒，瑚達的心開始跳得飛快，她甚至以為她要昏倒了。毛納斯拖長句子，似乎很享受看她坐立不安。

「艾瑪跟我說，訪談結束那天晚上，妳有聯絡她？是這樣嗎？」

「我不記得了。嗯，可能吧，跟她確認一些報告的細節。」

「瑚達，她宣稱妳打電話去，告訴她不用擔心自白，妳不會繼續追查。」他抬高聲量，表情像雷霆驟響。「可能嗎，瑚達？有任何一絲可能她說的是實話嗎？」

她該怎麼回答？在退休前夕毀了她的好成績，就因為她的善舉反咬她一口？還是她要繼續否認？畢竟現在是艾瑪和她各執一詞。

為了爭取時間，她選擇不開口。

「瑚達，妳知道我怎麼想嗎？我覺得妳可憐她。沒有人會同情戀童癖——我不會，妳也不會——但不表示我們可以私下執法。問我的話，我覺得妳同情這個女人，害妳越界了。從某個角度來看，我可以理解。」他頓了一下，但瑚達仍堅持不發一語。「她可能要坐牢，母子必須分離……我能理解，畢竟妳也失去了女兒。」

「別扯上我女兒！」瑚達叫道，「你懂她的什麼？你一點都不懂我和我的家庭，從來不懂！」這番暴怒發言連瑚達都嚇了一跳，但至少成功讓毛納斯一時措手不及。他最好別再扯到汀瑪，否則瑚達做出什麼反應她都不管了。

「抱歉，瑚達，我只是想設身處地替妳著想。」

結果很明顯了，雖然瑚達出於好心幫忙，艾瑪還是出賣了她。瑚達完全無法理解女子的背叛，光想到就覺得受傷。艾瑪身陷極度焦慮的狀態沒錯，但這不足以解釋她的行為。毛納斯質問她的時候，她一定徹底崩潰了。

這時瑚達才想起為什麼昨晚她關掉手機。為什麼她要喝那麼多酒？宿醉令她難以應付現在的壓力。今天她需要火力全開，卻做什麼都不順。她心想，或許她真的年紀到了，接著又憤怒地否決這個想法。不管是以往還是現在，她知道她都是優秀的警察。

艾瑪昨天深夜打電話給她。瑚達應該感到警鈴大作，察覺艾瑪有迫切想聯絡她的原因，然而當時瑚達沒心情跟她說話。天哪，現在她多後悔。也許艾瑪想詢問她是否該去自首。喔，老天。

一段沉重的停頓後，毛納斯說，「瑚達，這件事非常嚴重。」

她還是想不透該如何回應，她的行為可能有什麼後果。他總不會打算在她在職最後一天開除她，讓她顏面掃地吧？

「你是說她現在自白了嗎？」瑚達知道這麼問等於認同她犯了錯，但沒有直接坦承罪過。「那我們談了什麼，她怎麼詮釋，現在真的還重要嗎？」她忍住想哀嘆的衝動：**拜託，從輕發落。都這麼多年了，看在我長年成功的功績份上，不能放過這次小小的錯嗎？**

「瑚達，妳講到重點了。一般情況下，我想我不會這麼大驚小怪，畢竟妳都要走人了，最近妳也不好過。妳只是判斷錯誤，無傷大雅。」

一般情況下？他想要說什麼？

「但實際狀況更糟。昨天晚上，艾瑪去了國立醫院。我知道她以前在醫療體系工作，現在受雇於養老院。」

「國立醫院？」

「對，顯然進去很容易：醫院沒什麼警備，她又熟門熟路，如果碰到門上鎖，她就靠工作識別證謊騙過關。」

瑚達約略猜出事情的走向，並開始感到反胃。

「沒多久她就找到戀童癖的病房。醫院讓他保持昏迷，但我聽說他康復的狀況不錯。」毛納斯頓了一下，顯然看到瑚達臉上驚恐的表情。他繼續說：「她拿起枕頭，壓在他臉上。」

瑚達太害怕，不敢問後來怎麼了。她靜靜等，希望和恐懼在心中痛苦糾纏。

「他死了。」

雖然早就猜到了，瑚達仍不可置信地問，「她殺了他？」

「瑚達，她殺了他，然後馬上來自首，向我們全盤托出。她說因為他對她兒子做的事，她開車撞了他。當時她就打算殺了他，不只為了復仇，也是要阻止他對別人的孩子做同樣的事。妳是去她工作的地方問她話吧？然後馬上看穿了她的否認。她說妳狠狠拷問她，最後她屈服坦承犯行。她說她如釋重負，還說……」他低頭看向眼前的文件，參考艾瑪的聲明：「把事情講出來鬆了一口氣。她無法接受自己做的事。妳去拜訪後，她以為隨時都可能遭到逮捕，但那天晚上，妳打電話去，說要放她一馬。她很震驚——她當然很感激，但同時也很失望。她的愧疚感太重，以至於她覺得非自白不可，於是她打了妳的電話。」

瑚達抖了一下。深夜的那通來電。

「可是妳沒有接。」

瑚達非常難過地搖頭，悄聲說，「我在忙。」**她到底為什麼沒有接電話？**

毛納斯把刀捅得更深。「昨天晚上她狀況不好，腦袋不清楚。她覺得看不到未來，眼前只剩黑暗。於是她想說事情起了頭，不如就做到底吧，至少完成有意義的目標。瑚達，昨天晚上妳原本有機會阻止她。」

她點點頭，喉嚨繃得太緊，發不出聲音。

「更別說妳替她掩飾是重大失職。不只失職——妳自己也很清楚，瑚達，妳犯了法，妨礙司法正義。」

她腦中想著，可是我出自好意。法律不是唯一判斷對錯的標準，有時候要綜觀大局。她沒有在妄想；她清楚知道她這個身分的人這麼想多危險，畢竟她發誓要維護法律。然而她不是第一次打破誓言，並找藉口主張，特定情況下這麼做情有可原。唯一的差別是，這回大家發現了，有人死了，而且一部分是她的錯。她突然感到非常不舒服，卻又無法為戀童癖的死感到一絲難過。說他死有餘辜或許太過份，但她很確定少了他，世界會更好更安全。

「難道不能……？」她哽住，沒能說完句子。生平第二次，世界在她周圍崩解了，第一次是汀瑪過世時，第二次是現在。她的名聲，她出類拔萃的工作紀錄，全都將灰飛煙滅。不只這樣，她還可能遭到起訴。任職警方多年，她能忍受牢獄之災嗎？去坐牢……？還有彼得，他會怎麼說？她最近終於才開始期待未來，現在她非常擔心未來要從指間溜走了。

毛納斯坐著，動也不動，不發一語，眼睛盯著瑚達。沉默變得無比沉重，害她想尖叫；她感到筋疲力盡，什麼都做不了。

「瑚達，妳無法想像這對我來說有多難。」他終於說，「我很失望，我向來很尊敬妳。」

她心存懷疑，但沒有反駁。

「妳是刑事偵查部許多同仁的楷模，也替很多人開了路，例如凱倫。瑚達，妳害我現在立場很為難。」

瑚達不確定該如何反應。毛納斯是認真的嗎？她希望是。但這就表示這些年來她都錯估了情勢，低估了同儕實際對她的尊重。

她一臉挫敗地低下頭，完全失去戰鬥的意志。

「別搞錯了，我非常生氣，但我不要浪費時間對妳大吼大叫：現在為時已晚。不說別的，我很難過啊。」他繼續說，瑚達很訝異聽起來像是肺腑之言。「每次有人說要換掉妳，或把妳轉去其他部門，我都經常替妳說話。妳動作不快，但很堅持。妳作法老派，不是每個人都喜歡，但妳總是能交出成果。」

她不確定該不該相信他；她從來不覺得毛納斯真正支持她，一次都沒有。不過多年來她確實交出好成績，帶頭調查不少著名案件。她特別記得其中兩件：四名好友打算去冰島南部外海的小島度寧靜的週末，卻發生命案；另一起是東部偏遠農場上的駭人事件，發生在一九八七年的聖誕節——汀瑪過世那年的聖誕節。兩起案件都造成她沉重的心理負擔，事後也陰魂不散，經常糾纏她。

「謝謝。」她喃喃對毛納斯說，聲音低到幾乎聽不見。

「為了妳我都好，瑚達，我們會盡量不聲張。我還沒把細節告訴妳的同事，不然要妳蒙羞離職實在可惜。妳如果遭到起訴，大家勢必還是會知道，不過就到時候再說吧。星期一我會把這件事呈交給地方檢察官，之後我就管不了了。瑚達，妳必須了解，我沒辦法吃案，但我們會努力減輕傷害。」

她點頭表達謙遜的感激。她都沒想到要否認，繼續撒謊。一切都結束了。

「當然，我必須馬上解除妳的職務——沒有通融的空間了。妳清空辦公室了嗎？」

她愚蠢地搖頭。

「我會找人替妳整理，把東西寄去妳家，好嗎？」

「好。」

「對了，俄國庇護申請者的案子呢？」

瑚達很努力不要崩潰。她的職涯不能這樣結束：六十四歲，最後一天上班哭得唏哩嘩啦。她清清喉嚨，啞聲說：「我還在查，有兩個人。」

「嗯，之前妳在電話上有說。什麼意思？」

「一年多以前，有個名叫凱蒂雅的俄國女生失蹤了，然後艾蓮娜才過世。兩個女孩是好朋友，我想亞歷山大沒發現她們的關係。」

「這兩起事件真的有關嗎？」

「我不知道，但需要查清楚。」

「妳說的對。」他想了一下，然後說：「有空的時候，妳能寫成報告，用電子郵件寄給我嗎？一有時間我就會親自看看。」

他的口氣露餡了。她完全不相信他，但仍感謝他這麼說。

「嗯，當然，我會寄給你。」

他站起身，伸出手。她默默與他握手。

「瑚達，很榮幸跟妳共事，妳是非常傑出的警察。」他頓了一下，然後補上：

「很可惜最後這樣結束。」

第十三章

她再次驚醒，意識到現在仍是半夜。

起初，她以為自己是冷醒的。她確實冷得發顫，不只是頭，全身都是。這時她才發現她的睡袋拉鍊拉開了。

她的旅伴從上鋪下來，爬上她的床，現在躺在她旁邊，一手伸進她的內衣。

她怕得發狂，試圖推開他，可是她實在太冷，四肢不聽使喚。他把她拉近身旁，吻著她。她使盡全力掙扎，想推開他。

「少來了。」他咆哮道，「我們都知道會怎麼樣——我們都懂我邀妳週末出遊的意思。我有看到妳看我的樣子，別現在才裝忸怩，有沒有搞錯。」

她聽了震驚得不可置信。

下一刻，她放聲尖叫，這輩子從沒叫得這麼大聲。

他甚至懶得用手摀住她的嘴巴。

第十四章

瑚達站在海維費斯街的警局門外，動彈不得。幾名同事經過，向她打招呼，但她都沒能回應。她只是站在那兒，視而不見看著空氣。

她的人生彷彿畫下句點：她無法展望未來，無法想像明天的樣子。她現在迫切需要跟彼得說話，但她沒辦法打電話給他。還不行。

她終究督促自己動起來，緩緩繞過大樓轉角，繼續朝海邊走去。雖然太陽從雲層後露臉，當她走到濱海的馬路，迎面還是吹來一陣強風。她無視車陣穿越馬路，在沙灘坐下，越過海灣遠眺綿延的山頭。她永遠看不膩這片景色。她曾征服的每座山頭：埃夏山、斯卡薛迪山、阿卡菲亞山，令人嘆為觀止的美景鎮靜人心，安撫著她，帶她回到過去最開心的時分，但同時也帶回艾蓮娜沖上海灣的畫面。大海能賦予生命，也能帶來死亡。

瑚達再次感到孤獨的重量，幾乎難以招架。

好多東西拖著她的良心。

她的思緒回到艾蓮娜身上。她可能是關鍵嗎？她能讓瑚達獲得寬恕嗎？稍微拯救她的名譽嗎？如果解開這個案子，她能從人生的殘骸中救回什麼嗎？就算沒有別的，至少讓她更能接納自己？

法赫薩灣不斷流過的海水沒有答案，但或許帶來一絲希望。她已向毛納斯保證不再調查，不過假如她今天剩餘的時間繼續查案，他發現的機率有多少？好好利用她在職的最後幾小時？她還有兩條線索要查，就算她繼續下去，會傷害到誰？她得要撒謊，假裝她還是警察，但不太有人會質疑她。

對，她必須繼續下去，今天就好。這是她最後的機會。她需要靠查案來分心，直到她能鼓起勇氣，晚上去面對彼得。

第十五章

「沒有人聽得到妳的聲音。」他笑著拉扯她的衛生褲，想扯下褲子。即使冷到麻木，她這時憑空喚起一股額外的力量，成功用力推開他，害他跌下床摔在地上。

她跳下床，在黑暗中形同眼盲。她知道她唯一的機會就是逃離小屋，跑進雪地，在廣闊無人的野外找地方躲起來。雖然聽起來不切實際，她還是得試。先前他從她的旅行袋解下冰斧，放在門邊。當下這一瞬間，她瞥見冰斧的微光。彷彿奇蹟降臨，她先抓到斧頭。

第十六章

瑚達敲敲亞伯的門。她希望找他哥哥談談，確認他是否曾開四輪傳動車載艾蓮娜去兜風。沒想到雖然還沒下午四點，律師卻親自應門。

他有些詫異地說，「瑚達？」

「亞伯，我只是想說來看看……」

「嗯，嗯，我難得早回家，今天剛好沒什麼事。」他看似尷尬，有點閃爍其詞，彷彿生意可能沒那麼好。「妳沒拿到文件嗎？鮑德說妳昨天傍晚過來拿了。」

「喔，有，我拿到了。不過都是俄文，我還沒看出什麼端倪。」

「嗯，我想也是。不過說不準，搞不好妳能找出有用的資訊。希望妳能替那個可憐的女人聲張正義，畢竟她也是我的客戶。」

「其實，我想再跟你哥哥談一下。」

「我哥哥？」看來亞伯完全沒料到她會這麼說。

「對……他，呃，他昨天剛好提到一件事。」她笨拙地撒謊，暗自咒罵自己沒想到更好的藉口，不過她本來沒料到會碰到亞伯。「我想請他進一步說明。」

「他到底跟妳說了什麼？跟艾蓮娜有關嗎？」

「沒關。好吧，有關，但不是直接相關。有點難解釋。」

「所以是跟我有關囉？」亞伯的聲音變得尖銳。

「什麼？當然不是，你想多了。他在家嗎？」

「他不在。今天他找到油漆房子的工作，還要好一陣子才會到家。」

「等他回來，可以請他打電話給我嗎？」

亞伯看來不確定該如何回應。最後他說：「好，好，沒問題，我會跟他說。我再打到警局找妳。」

「不，打我手機，你有我的號碼。」瑚達趕忙說，露出笑容。

亞伯匆匆回以微笑，立刻關上門。

第十七章

鑒於她無法再使用正規的警方譯者，現在明顯的解法就是看拔許圖能不能幫忙。瑚達回到車上，開往譯者位在鎮上西區的家。除非文件中挖出什麼重大資訊，這將是她的最後一站。雖然她心中仍懷抱一點希望，她逐漸意識到她很樂意就此放手，終於能好好休息。

她的手機響起，她停在路邊接起電話。又是毛納斯。

「瑚達。」他的聲音聽起來很嚴肅。

「我就是。」她做好準備。

「今天本來不想再拿別的事煩妳，不過我忘了一件事：他們今天早上逮捕了奧奇。」

「真的？」她心情好了一點。「罪名是經營賣淫集團？」

「還有別的。可惜他們被迫要將整個行動提前，最後收網得有些倉促——全都因為妳沒取得許可就跑去訪談他。」

瑚達暗自咒罵一聲。

「而且不排除這段期間他都在忙著銷毀證據，那就麻煩了。妳最好準備一下，他們會打來問妳跟他談了什麼，想知道他有沒有洩漏資訊，妳是靠什麼情資行動……」

瑚達嘆了一口氣。「好，沒問題……雖然我有沒新消息能告訴他們。」

「那妳就只能忍受他們騷擾了。整件事亂成一團，不過妳別太受影響啊。」

她掛斷電話，心想她被影響得還不夠嗎？瑚達確實很愧疚她可能毀了同事的調查，她知道大家必然投入了很多心血。

她討厭犯錯。

她真的很討厭犯錯。

小時候寫作業，外婆總會一直從她背後查看，檢查每一個答案、每一篇作文，不管是文法、數學、地理、歷史……瑚達覺得她的批評往往嚴苛又不公平。外婆多次跟她說，她必須做得更好，她進步太慢，她必須表現得比男生優秀，人生才有機會成功。外婆的話經常害她哭出來。

一直等到成年，她才學到何謂**建設性批評**。外婆完全沒有這個概念。

然而現在她又因為犯錯感到羞愧。

她可以做得更好才對。

第十八章

這回瑚達沒有浪費時間走去房子，而是直接繞到拔許圖的車庫敲門。她注意到窗口掛著簡潔的標誌：「拔許圖・哈特曼森，口筆譯員。」

他很快就應門，看到瑚達似乎頗為驚訝。

「哈囉。」

她抱歉地說，「哈囉，拔許圖，又來打擾了。」她知道她總是在攻擊假想敵，明知幾乎肯定要無功而返，卻還是想解開這個案子。

「唉呀，唉呀。」他笑著說，搔搔蓬鬆的金髮。「看來我成了警察的老朋友。」

瑚達隨興猜想他幾歲。她懶得調查他，但推測儘管他長相年輕，其實一定將近四十歲了。瑚達第一次來訪時，應門的女子——應該是他母親——看來年約七十歲。

她用友善的口氣說，「最近忙嗎？」

「嗯，當然。呃……筆譯案件不多，但滿多俄國旅行團，我發誓冰島經濟現在都是靠旅客的錢在撐。不過今天沒什麼事，我只是在……寫作。妳也知道，寫我的書。」

冰島的銀行體系崩解後，冰島克朗接著崩盤，隨後興起的旅遊業確實協助國家重回正軌，因為旅客帶來值錢的外匯。現在前景比先前稍微明朗了，但金融危機還是留下長長的陰影。瑚達一時分心，心想旅遊業對她的個人財務沒多少幫助。她的薪水不高，現在她也只能領政府年金的固定收入了。

「進來吧。」拔許圖打斷她的思緒。「不好意思，裡頭還是有點亂。我還沒買訪客的椅子，所以只有床了。」他紅了臉。「我是說，那個，妳得坐床上。」

瑚達找到一塊沒有雜物的空間坐下，拔許圖則坐在他超級過時的辦公椅。房內空氣悶得不舒服：瑚達意外來訪，他沒有機會開窗通風。

她好奇地問，「你住在車庫嗎？」

「嗯，是呀。我工作、睡覺都在這裡，比較有隱私。房子在我爸媽名下，但我沒辦法再跟他們住了，大家這樣擠在一起，實在受不了。可惜我們的房子沒有地下室，不然我就會搬下去，不過他們讓我住車庫。」

瑚達想問他為什麼不乾脆搬出去住公寓，但她沒開口，以免顯得沒禮貌。

拔許圖似乎猜到她沒說出口的問題，「目前我還沒有必要搬出去，不管租房還是買房都太貴了。房價破表，我又沒有穩定收入，幾乎是勉強度日——筆譯案件、旅行團的工作都是。有時候確實會忙不過來，尤其是夏天，但通常工作量都不夠。不過我成功存了一點錢，最後總會有辦法的。況且我爸媽都上了年紀，總有一天會想出脫財產。」

瑚達從他的臉上讀到，或者他們會過世。

她說，「我想請你幫個小忙。」

「喔，是嗎？什麼事？」

她把亞伯給她的那包文件交給他。

「艾蓮娜的律師挖出一些文件，都在裡面。我不知道上頭有沒有重要資料，但就是要『查個徹底』嘛。」她笑了笑，故作輕鬆。

「我懂。對了，調查進行得如何？我看妳還在查。」

她撒謊道，「嗯……當然，我不打算放棄。」其實她很樂意現在就拋下案子。毛納斯告訴她的消息仍令她震驚不已，今天她最不想做的事就是繼續查案，但她也沒有別的事可做。

她無法否認有一個人因她而死。不過他生前蹂躪兒童，讓她的良心比較能接受：有些罪行就是不可原諒。

她也極有可能搞砸了同事對奧奇的調查。她的督察生涯毀於一夕，難怪她現在的狀態完全不適合工作。即便如此，她還是硬撐下去，她太固執，不願放棄，要跟時間賽跑最後一次。

拔許圖說，「我當然可以幫妳看。」他轉過椅子面對書桌，從信封掏出文件，攤在面前。「給我幾分鐘。」

「沒問題。」她突然靈光一現，補上一句：「特別幫我注意有沒有提到叫凱蒂雅的人。」

「凱蒂雅？」他仍伏案讀著文件。

「對，我聽說她是艾蓮娜的朋友。」

「好。」

「你不認識她？沒替她口譯過？」

「沒有。」

「其實啊，她失蹤了。」

「失蹤？」

「好吧，失蹤或逃走消失了。她也是從俄國來尋求庇護，我覺得這兩起案件可能有關。」

「了解，目前還沒看到。第一份文件只是俄國的居民證，她一定是帶在身上證明身分。」

「喔，我知道了。」瑚達有點失望。她知道她在抱佛腳，但這些文件是她最後的機會。「請仔細讀。」她盡可能客氣地提醒他。

「當然。」

拔許圖默默地讀，背對著瑚達。她不舒服地倚在床邊，在懸而未決的煎熬中等待。沉默永無止盡延展，直到拔許圖終於有點反應。

他說，「哇喔。」光聽口氣就知道他發現意外的內容了。「哇喔。」他又說了一次。

「什麼？」瑚達站起身，從他身後探頭看。他在讀最後一頁手寫的文件。

她迫不及待逼問，「你找到什麼了嗎？」

「呃……我不想要……不過……」

「什麼？」她的聲音拔尖，「上面寫什麼？」

「她提到她和朋友去郊外旅行。她說朋友名叫『凱』，可能是凱蒂雅嗎？」

「嗯，可能，可能。」瑚達感到身體興奮繃緊。終於有發現了。

「還有一個人……我不確定是男是女……」

「拜託，快說……」

「她又用了字首，不過從上下文判斷，看來還有一個男生同行。」

「他的名字字首是什麼？」

「亞。」

第十九章

他笑了。

「把斧頭放下，我們好好談，反正妳也沒有膽子用。」

她怕得不能自已，緊靠著門，一手在面前揮舞斧頭，另一手摸索尋找門把。

他似乎一點也不擔心，又往前一步，接著兇猛地俯身猛撲，抓住她，從她手中奪走斧頭。

短短一瞬間，他站著動也不動。

恐懼害她動彈不得，即使全身的直覺都尖叫要她逃出去。

他撲了過來。

斧頭砍到她的頭了嗎？有那麼一秒，她困惑又不可置信，她的身體依舊冷得發麻，無法感知怎麼回事。

她舉起手去摸頭皮，這才感到溫熱的血滲出來。

第二十章

「亞？」

「對。」

「你說的不會是……？」

「我也是馬上想到他。」拔許圖點點頭，一臉沮喪。

瑚達說出口：「亞伯？」

「對。」

「不過可能、可能也完全沒問題吧。或許他們是去準備案子，他可能也是凱蒂雅的律師嗎？」

拔許圖聳聳肩。「可是聽起來不像沒事，她暗示發生了暴力事件——這張讀起來像一頁日記，或許她想寫下來，以防發生什麼事。至少我假定是艾蓮娜寫的，她英文很差，自然會用俄文寫。」

「你是說亞伯剛好拿到手，不知道上頭寫什麼，又交給我？」

「真諷刺。」拔許圖說，「妳知道嗎？我覺得我好像走進推理小說，我年輕的時候讀了很多。」他咧嘴一笑，彷彿很享受扮演偵探助手。

瑚達喃喃說，「老天……」接下來她要怎麼辦？難道是亞伯本人有所隱瞞，不是他哥哥？

「讓我看完。」拔許圖又低下頭去，一邊讀一邊點頭：「嗯，嗯。」他真的很入戲。「我跟妳說，」他從文件中抬起眼，「我覺得我知道他們去哪裡。有點遠，從雷克雅維克開車大概一個半小時。」他說出瑚達沒聽過的一座山谷，不過她向來對高山比較有興趣，山谷對她來講沒那麼刺激。

拔許圖繼續說：「不過有點奇怪。她提到一棟房子，可是就我所知，那座山谷沒有人居。」

瑚達問道，「你可以在地圖上指出位置嗎？」

「豈止這樣，我還可以帶妳去。」他積極提議，「我沒別的事要做。」

「嗯，好，謝謝。結束後我再聯絡亞伯。你可以替我逐字翻譯這份文件嗎？」

「沒問題，路上我就告訴妳寫了什麼。呃，我們可以開妳的車嗎？我沒有，呃，我的油不夠開到那裡。」

瑚達心想，當譯者看來真的只能勉強餬口。她有一點可憐他。

她坐上可靠的斯柯達老轎車駕駛座。拔許圖爬進副駕駛座，沿路一面替她導航，一面告訴她手寫文件的內容。艾蓮娜跟兩個人去山谷旅行，她的旅伴是名字凱開頭的女子，和名字亞開頭的男子。他們在度假小屋過了一晚，但男子攻擊那名女子，導致他們的週末行程提早結束。

雖然瑚達很難相信亞伯涉案，她也無法完全排除他的嫌疑。難道他謀殺了兩名女子，凱蒂雅和艾蓮娜？這又和他哥哥有什麼關係？

當她的手機響起，她瘋狂禱告不要又是毛納斯。他們談過兩次後，她仍有些震驚，還沒拼湊起一切。說實在話，她真希望有多一天辦完案子，多一天讓她感覺正常一點。雖然她不願承認，她發現自己還在想，或許她希望能年輕十歲。

她靠邊停車，掏出手機接電話，雖然來電號碼她沒看過。

「瑚達？哈囉，我是鮑德，鮑德．亞伯森，亞伯的哥哥。」

「什麼？喔，對，哈囉。」他打來的時機恰好到有點詭異。

「亞伯說妳想跟我談談……」他聽起來很緊張。

「對，沒錯。我想問艾蓮娜的事，你弟弟負責的俄國女孩。」

「嗯……」

「你認識她嗎？」

「我？不認識……」他遲疑了一下，瑚達繼續等。「我不認識她……不過我，應該說，我見過她一兩次。妳為什麼要問？」

「可以跟我說你在哪裡見到她嗎？」

「我去奈若維克接過她幾次。」

「喔？為什麼？」

「幫弟弟的忙。他需要找她，但沒時間親自去接她，可能忙著開會什麼的。我就借他的吉普車，開去接她，沒什麼大不了。我們都有記在費用裡——我花的時間，還有油錢。這樣沒問題吧？全部公開透明，只是嚴格來講不是亞伯親自開車。我有空就會幫他——他讓我跟他住，我幫點小忙不算什麼。只要有辦法，我就喜歡貢獻心力。」透過話筒，鮑德的呼吸聽起來急促粗重。

只有這樣嗎？鮑德只是在幫弟弟的忙嗎？

「謝謝，鮑德。沒問題，我只是想確認，才能從調查對象排除你。有人看到你去奈若維克接她，我需要知道原因，就這樣。別擔心，完全沒問題。」

「太好了，謝謝。」他說，「我……我只是不習慣捲進警方調查。」

「也是，幸好沒什麼。」

「可不是嗎。」

瑚達還是需要知道，亞伯是否也負責另一名俄國女孩凱蒂雅的案子。

「對了，」她盡可能輕鬆問，「鮑德，你弟弟在嗎？我也有幾個問題想問他。」

話筒另一端沉默下來。

「呃……他不在。」遲疑一會兒後，鮑德補上：「我其實不確定他在哪裡。」

「嗯，鮑德，沒關係。謝謝你打來。」

她試著打亞伯的手機。她越發急著想找到他，深怕如果他是凶手，可能會試圖離境。

沒有人接電話。

她掛掉電話，突然想到敘利亞女孩雅敏娜。有件事一直在腦袋深處盤旋不去。雅敏娜隨口說的一句話……最初瑚達忽略的重要細節。該死，以前她會更認真記筆記，當年她的記性也比較好。應該是……她說的一句話……瑚達叫出女孩在拘留室的畫面。對了，賣淫：雅敏娜堅決否認艾蓮娜在賣淫，聽起來很可信。她還提醒瑚達有另一名俄國女子凱蒂雅。她也提到居留證——艾蓮娜取得居留權……對，沒錯……跟這件事有關。到底是什麼？那段記憶仍躲著她，挑逗般藏在咫尺之外。

「抱歉，可以借一下妳的手機嗎？」她還沒重新發動車子，拔許圖的問題又打斷她的思緒。「我忘了告訴爸媽我要出去。我的，呃，我的手機沒有預付額度了。」他的臉又紅了。

「當然。」她把手機交給他。

他輸入號碼，等了一下。「嗨，老爸，我跟你說……對，我知道……老媽只能自己做了……不行，老爸，我現在沒辦法處理……我在幫警局的阿姨……我們在辦一個案子……」他朝她翻了白眼，邊說邊走下車。

瑚達記得以前別人會稱呼她小姐，不是阿姨。

趁他不在，瑚達打開收音機，往後靠著椅背。今天很漫長，而且還沒結束。不過天空湛藍，雖然早上天候不佳，現在也轉為美好的晴朗傍晚。瑚達心想，在她寒冷的北方家園，五月絕對是一年最棒的時候。

幾分鐘後，拔許圖回到車上。「抱歉，我們可以走了。」他笑著說，「大概再半小時就到了。」

他們已經開了一小時，瑚達感到飢餓難耐：她早上吃了波羅王子牌餅乾，之後就沒吃東西了。她也越來越累，或許回程她可以請拔許圖開車。跑這一趟最好別無功而返。她要自己保證今天過後就會放棄案子，但她能遵守諾言嗎？聯絡不上亞伯仍令她不安，她必須跟他談談。

或者她會乖乖聽從命令，整理她蒐集的所有證據，交給毛納斯，讓他結案？告訴毛納斯她懷疑老同事亞伯謀殺了兩個人，可不是開玩笑。那群男生總習慣聚在一起，雖然亞伯是律師，不是警探，他們也接納他是自己人。

她暗自咒罵。或許她應該直接抽手，跑完這一趟就算了。

她很想彼得，並突然發現她還算開心終於要退休了，也很興奮能跟他共度黃金年華。他們可以一起做好多事，在冰島四處旅行，甚至出國，享受彼此陪伴的人生。她會繼續爬山，彼得也會陪著她去，但她也會發掘新的嗜好；她還健朗，需要持續活動。許多她的同事都喜歡打高爾夫球，搞不好她也會試試。她才六十四歲，還有很多事能期待。或許有了彼得幫忙，她就可以試著拋下過往的黑暗。她好久沒有把事情看得這麼清楚了。

她非常期待回家睡覺，等明天太陽升起，就能迎接新生活：與彼得同行的全新人生。

第二十一章

一會兒後，他摸索抓起桌上一盞頭燈，打開開關。他低頭盯著她，試圖消化他做了什麼事。他愛這個女生，但現在她的屍體躺在他腳邊。他殺了她。不知為何，一切感覺無比荒謬。

他必須盡量挽救現況，理性思考，避免太多血流到小屋地上。

快想。幸好沒有其他人知道這趟旅行，也不會有人想到來這裡找他們，或去小屋尋搜尋犯罪證據。

天色還暗，表示他時間還夠。他只需要保持頭腦冷靜，按條理行事。

他生平第一次殺人，說實在話，簡單到令人心寒。

第二十二章

「我想我們的方向沒錯。」拔許圖說，「艾蓮娜提到的就是這座山谷，我不知道這裡有房子，不過上次我來是很久以前了。」接著他補上：「妳確定我們該去嗎？我不太習慣——那個，追緝凶手……」

「都跑這麼遠了，現在不能回頭。」瑚達說，「別擔心，我完全不覺得我們有危險。這個方向對嗎？我們要繼續沿山谷前進嗎？」馬路縮成碎石小徑，每公里的路面都越來越差。

「對，沒錯。」

他們順著山谷顛簸前進，瑚達一時想到她的斯柯達轎車，擔心車子可能無法應付地上的坑洞。然而其他擔憂擠滿腦海，爭搶她的注意：醫院的死者；要去坐牢的母親；這起悲劇對瑚達本人可能造成的影響；她在特別糟的一週如何毀了一切。各種擔憂逐漸把艾蓮娜推擠到看不見了。

傍晚很美，太陽低掛在幾乎無雲的天空，一叢新長的樹苗在山谷的淺色草地投下悠長的影子。山坡尚未轉綠，相較平地的城市，山上春天的腳步比較慢。有那麼一會兒，瑚達看著四周廣闊的空間和無垠的藍天，感到好自由，彷彿她的潛能沒有極限。然而倦意重新湧上，她覺得只要能在別處享受好天氣，要她做什麼都行：最好是在法斯沃格，眺望彼得的花園。

車子震得她骨頭打顫。再開五分鐘，她喃喃說，「我看就算了吧。」

「嗯，我也同意。」拔許圖說，「前面大概一百公尺有地方比較好掉頭。」下一秒，他獲勝般大叫：「房子！妳看，有房子。這可新了，上次我來的時候還沒有。」

瑚達放慢車速，順著拔許圖的手指看過去。

「我們要去看看嗎？」他提議，「我打賭是艾蓮娜提到的房子。」

瑚達說，「絕對是。」

說「房子」有點誇張。車子開近後，他們發現房子其實只是原始的小木屋，旁邊看來是工地。雖然沒有人在施工，但明顯看得出來工地正在打地基，準備建造更大的房子。瑚達把車停在小屋前，出於習慣，她小心掃視周圍才下車。夏日夜晚明亮，不可能有人躲在開闊長草的大地上，這裡連石頭都沒有。唯一可能的藏身處就是小屋。

瑚達對上拔許圖的視線。「沒什麼好看的。」

他問道，「我們難道不應該至少看看裡面嗎？」

她反駁，「我們沒有搜索令。」不過她確實忍不住想藐視規定，畢竟她有什麼好怕的？況且他們都跑這麼遠了。

拔許圖建議，「我們可以從窗戶往內看。」

瑚達聳聳肩，她實在無法阻止他。

他繞了小屋一圈，瞇眼從窗戶往內看。忽然他毫無預警伸手去拉門把，門竟然開了。他叫道，「門沒鎖。」她還來不及反應，他就走了進去。

瑚達喃喃說，「喔，搞什麼鬼。」她不疾不徐跟上去，心想就算有人發現，警局也沒辦法開除她兩次。

她踏進小屋，感到心跳因為期待加速，熟悉的腎上腺素灌進血管，導致頭腦也從混沌中突然清醒：過去幾小時，她一直想不起來雅敏娜說的那句話，這時記憶一閃浮現了。艾蓮娜過世前一晚，她坐在民宿大廳講了很久的電話。可是瑚達現在清楚記得櫃台人員告訴她不能打國際電話，而艾蓮娜只會說俄文。難道她打電話給拔許圖嗎？

拔許圖。

他去哪裡了？她在狹小的室內到處都看不到他。她還來不及回頭，就感到頭上傳來一記重擊。

第二十三章

室內太過黑暗，他花了一會兒才清乾淨小屋。即便如此，他知道他必須盡快帶更強的清潔劑回來，試圖除掉殘餘的痕跡。他感到意外地疏離，彷彿是別人拿斧頭砍了女子的頭，清理善後的粗活則落到他頭上。可以說他為凱蒂雅感到抱歉，但同時他也生氣她的行為如此愚蠢。她不該死，可是當時的情況下，他不可能採取別的反應。

他瞥了一眼小屋的簽到表，確認每年這個時節，都要相隔好幾天、甚至好幾週，才會有人再來。如果他今晚馬上回來，應該就能逍遙法外。

不過現在他得優先處理掉屍體。

他已經把屍體放進她的睡袋，拉上拉鍊，一路拖回他的車上，他確信降雪很快就會蓋掉他的足跡。身處深冬破曉前的黑夜，遠離人煙，他相信做什麼都沒有人會看到，也不會受到阻撓。問題是要如何棄屍。他想到的各個方案都有風險，危險程度不一。

最終他決定開往內陸，前往最近的冰帽，他知道那兒有一條裂縫，很符合他的需求。最後一段路無法開車，不過現在又冷又下雪，滑雪過去沒問題。夏天冰河上會擠滿遊客，絕不可能這麼做，但這個時節就可以冒險了。所以現在他要過去，他會確保凱蒂雅永遠消失在那裡。

第二十四章

太久以來，瑚達都對真相視而不見，而慘烈的後果已跟著她二十五年。她不確定何時意識到出事了，但那時早就為時已晚。她一部分怪罪自己否認事實，一部分歸咎於沒看清眼前的事。她當然知道這聽起來多諷刺，畢竟她以觀察入微著稱，自認是警局數一數二的優警探，沒東西能逃過她的法眼，她總有辦法趕在同事前看穿所有的謊言和騙術。

然而罪行發生在她家裡時，她什麼都沒注意到。

或者她只是不想注意。

她幾乎不敢想像要如何面對事實。成年後的大半人生她都愛著勇恩，他們很年輕就結婚，他一直對她很好，身為丈夫誠實又可靠。他們之間的愛至少綻放了一陣子，毫無虛假。她記得兩人交往的第一年，這位英俊老練的男子表現得溫文爾雅又世故，令她為之傾倒，於是她輕易忽視了一些跡象，告訴自己搞錯了。

汀瑪出生時，他們無比驕傲，高興極了。可是等女兒滿十歲，她的個性開始轉變，變得陰晴不定又孤僻，時而受憂鬱所苦。然而瑚達依舊沒有頓悟。她放任自己活在無知當中，自認原因不可能在家裡。

瑚達當然嘗試跟女兒聊過，問她為什麼感覺這麼糟，什麼事讓她不開心，但汀瑪固執地不願溝通，拒絕提供答案，堅持要默默受苦。絕望之際，瑚達甚至荒謬地想，他們是否自作自受，誰叫他們替女兒取這麼不尋常的名字：汀瑪，代表「黑暗」。她彷彿一出生就受到詛咒，即便他們只是看中名字美妙詩意的發音。頭腦比較理智時，她會駁斥這種想法，斥之為愚蠢的廢話。

回頭來看，瑚達後悔沒有多向汀瑪施壓，沒有要求她給個答案。她的孩子困在絕望的兩難之中，每一天都更加陷入黑暗的深淵。

汀瑪才十三歲就自殺了。她過世前最後幾週，瑚達都睡不安穩，好像預視到災難即將降臨。然而她還是沒有強行介入，否則搞不好能救汀瑪一命。

汀瑪過世後，等她看到勇恩的反應，她甚至不用問，一切就真相大白了。她的世界一夕變色，但不知為何，他們繼續假裝，住在原本的房子，對外擺出站在同一陣線的模樣，即使他們的婚姻在那一刻就結束了。或許她想避免直接質問勇恩的後果，擔心他惡劣的犯行會連帶拖累她。大家會閒言閒語，偷偷說她一定知情，應該能出手阻止他，拯救女兒，救汀瑪一命。她最無法接受這些指控未必都是錯的。於是她對曾經在乎的男子什麼都沒說，從未問他對她深愛勝過生命的女兒做了什麼，也不想知道他的暴行持續多久。不過她確信一點：他的罪行直接導致汀瑪自殺。汀瑪或許自我了結生命，但勇恩要為她的死負起全責。

況且瑚達無法忍受要聽事件的細節，想像他對女兒做了哪些變態行為。

汀瑪過世時，瑚達的心一部份也死了。她深陷煎熬，在無數的白天和無眠的夜晚，每當悲痛難以承受，每當她覺得想怪罪自己，支持她走下去的動力只剩她對勇恩深深的恨意。

他們再也沒談過女兒，從來不向對方提起她的名字。瑚達無法在這個陌生人、這個……禽獸面前提到她。勇恩也有自知之明，從此沒在瑚達面前提到汀瑪。

第二十五章

瑚達一會兒才回神。起初她想不起發生什麼事，她在哪裡，跟誰在一起。等她終於想起事發經過，試圖睜開眼睛，卻感到頭痛欲裂。

她躺在某處，上方可見明亮的夜空，卻也能看到……那是土嗎？她在哪裡？

她又閉上眼睛。老天，她的頭快炸開了。他打她——拔許圖打了她的頭。她微微睜開眼，嚇了一跳，不可置信。她發現她躺在山谷建案的地基深溝。

然後她瞥見拔許圖拿著鏟子。

她想尖叫，但她才張開嘴巴，沙子就灌進嘴裡。她吐出沙子，勉強張開乾涸的嘴唇，啞聲說：「你在做什麼？」

拔許圖笑了，看起來冷靜得可怕。

「說真了，我沒料到妳會醒來。」他緩緩地說，「妳想怎麼叫都行：這裡沒人。這是我朋友的地，我在幫他蓋度假小屋。」

她徒勞掙扎，想坐起來。

「我還是把妳綁起來了，以防萬一。」他補上一句，鏟了一團土倒在她身上，泥土重重落在她的臉和胸口。她反射閉起雙眼，再次睜眼時，砂礫刺得眼睛發疼。

她咒罵道，「你以為你在搞什麼？」不可置信的憤怒一時壓過她的恐懼。

「把妳埋進地基，確保妳消失在小屋下面。」

瑚達絞盡腦汁，努力爭取時間。「我可以……我可以喝點水嗎？」

「水？」

他想了一下。「不行，沒必要。聽好了，這都是妳的錯。妳根本不該好管閒事，問我凱蒂雅的事。沒有人注意到凱蒂雅和艾蓮娜的關係……更別說扯上我了。我不能冒險，妳總該懂吧？」

「你是說你要殺了我？」

「我……我要埋了妳，之後妳應該會死沒錯。」

她的心臟用力撞擊肋骨。瑚達抓狂般奮力掙扎，卻發現她只能左右扭動。拔許圖把鏟子尖端擱在她胸口，用力往下壓。「別動！」

瑚達問道，「你是……你也是這樣除掉凱蒂雅嗎？」只要讓他繼續說話就好。

「算是吧，不過她……在別的地方。」

「哪裡？」

「我想這不干妳的事。不過換個角度想，妳也沒辦法告訴別人了。她長眠的地方比這裡冷。」他咧嘴一笑。「她也跟我去了一趟郊外，不過出遊的原因跟這次非常不同。我愛上了她，她也知道。我以為那趟旅行是一段感情的開始，但她不這麼想，所以……好吧，現在多說也於事無補。」

瑚達努力穩住呼吸，抗拒攀升的恐懼，好用腦思考。她必須靠腦袋脫身，說服他回心轉意。因此她必須爭取時間，繼續跟他說話，別去想她可能遭到活埋。

「你殺了艾蓮娜吧？」她控制聲音說，「她過世前一晚，你們講了很久的電話，你都沒提到。」

拔許圖說，「艾蓮娜，她想通了。」他停下鏟土倒在瑚達身上的動作，暫時把鏟子尖端靠在地上。「只有艾蓮娜知道凱蒂雅和我是好朋友。她一直追問她怎麼了，起初我騙她說我幫凱蒂雅躲過政府，把她藏在鄉下。可是艾蓮娜不斷吵著要我讓她見凱蒂雅。她在她……過世那天晚上打電話給我，威脅要去報警。我試著勸阻她，我必須阻止她，妳懂吧？」

瑚達點頭。

「那天稍晚，我邀她去海邊走走。她沒道理怕我。」

第二十六章

「我要見凱蒂雅！」艾蓮娜在電話上說，「我得見她！」

拔許圖說，「就跟妳說不行了。」他坐在他的車庫裡，應該說他父母的車庫裡。這個月不好過：工作邀約太少，他又覺得無精打采，不想寫作。高地發生的事糾纏他的心神，他不斷在腦中重播那一刻：他被迫殺死自己心愛的女人。凱蒂雅前來冰島尋求庇護，他受雇替她口譯，兩人因而相識。他們一拍即合，至少他這麼認為。她實在好美。凱蒂雅完全不會英文，所以經常找他幫忙，有時他們會聊上一整晚。他們對大自然和俄國文學都有興趣。他向來覺得很難跟女人說話，至少冰島女人都是。年過四十，他差不多也認了要光棍一輩子，但這時凱蒂雅走進他的人生。他曾幻想娶她，她就能自動取得居留權。或許他可以搬出父母家，或送他們去老人院，帶凱蒂雅搬進他們家。他腦中都規劃好了他們的未來，只剩等待對的時機。他深信凱蒂雅的心意與他相通，她也愛他。有次她隨口提到想出城看看，他馬上聽進她的話，意識到他的機會來了。他打算帶她去內陸，他們可以在小山屋過夜。等到只剩兩人與世隔絕，他們的戀情就會開始萌芽。

然而事情發展不如預期，最後他必須殺了她。當然他不想殺她，但有時候就是沒辦法。例如艾蓮娜，他也是被迫殺了她。她一直追問凱蒂雅的事，他只好撒謊，聲稱他幫她躲起來了。他說凱蒂雅聽說她不太可能拿到居留許可，一時慌了。當然這也是謊話，但他必須想出可信的理由，解釋她為什麼要逃跑。艾蓮娜沒有懷疑他的說詞。

他一直禱告艾蓮娜很快會遭到遣返，他就再也不用看到她，也沒有人會知道凱蒂雅的下場。警方有展開搜索，但沒有人知道他們去山上旅行，也沒有人——除了艾蓮娜——知道他和凱蒂雅關係很好。他們關係很好，直到小屋那晚。

然而那天艾蓮娜打電話來。就她有限的英文理解，她聽說她的申請通過了。她打來通知他，害他徹底慌了：她想見凱蒂雅，告訴她好消息，說服她去投案，她們才能一起在冰島展開新生活。

「我必須見她。」艾蓮娜堅持，「只有你能幫忙。告訴我她在哪兒就好——我不會說出去。我只是想見她，跟她說話。」

他說，「我們不能冒險。」

話筒另一端陷入沉默。

艾蓮娜宣布，「那我要去報警。」

「報警？」

「對，我要告訴警察你幫她逃跑。如果警察問你，你就得說出真相。這樣她才可能有機會，你不懂嗎？有機會拿到真正的居留許可，可是她必須先投案！」

她又靜了下來。他們講了好久的電話，拔許圖的神經都要繃壞了。撒謊的壓力害他精疲力盡，現在他又開始害怕了。

他不能去坐牢，不行。他犯下的謀殺絕不能見天日。她的屍體安穩躺在冰河縫隙底端，他也盡力刷掉小屋內可以定罪的證據，況且沒有任何人知道他們去過。他自以為逍遙法外，直到該死的艾蓮娜決定毀了一切。

他終於說，「好吧。」

「好吧？」艾蓮娜重複一次，聽起來很驚訝。「你要我去報警？」

「不是，我會告訴妳她在哪裡。或者……妳要不要乾脆今天晚上跟我一起去見她？」

「什麼？真的嗎？好，當然好。」

「我想應該沒問題。今天是大日子嘛，這麼棒的好消息……我會帶妳去。」

他一面說，腦袋也飛快地轉，想出完美的地點：孤立的費克維克小海灣，大概介於雷克雅維克和凱拉維克之間。他很熟悉那塊區域：身為導遊，他親自拜訪過許多地點，或在書中讀過，因此很了解國內的地貌。這片海灣有個優點，雖然距離奈若維克只有十五分鐘車程，但從任何房子或馬路俯瞰都看不到。他很肯定海灣不會有人，因為連車子都開不過去：他們必須下車，徒步走最後幾百公尺。

艾蓮娜問道，「你可以來接我嗎？」

「嗯……但我不能開到民宿，有人可能看到我——由於凱蒂雅躲起來，我不能冒險，妳應該懂。」他告訴她一間從民宿走路可到的小店，約艾蓮娜在那兒碰面。

艾蓮娜哀叫，「怎麼這麼遠。」她的牙齒冷得打顫。雖然地上沒有積雪，天氣還是很冷，她穿得又不夠保暖，不過也沒辦法了。拔許圖領頭踏上小徑，走向海灣。前方聳立幾棟房子，在黑暗中看不清楚。

他終於說，「她就住在那棟房子，靠海邊那棟。」

「真的？凱蒂雅在那裡？」

「沒有人會想到來這兒找她。」

「不可思議，你是說她一直都在這兒？」

「起初她待在我家。」拔許圖讓一點溫度偷偷滲進聲音。短短一瞬間，他自己差點都信了。他記起他幻想過娶她，帶她住進家裡。「可是太危險了，」他繼續說，「我跟年邁的父母一起住，他們遲早會發現。」

艾蓮娜說，「原來如此。」

他在黑暗中無法判讀她的表情。她信了嗎？

「我相信她也能拿到居留許可，跟我一樣。」一會兒後，艾蓮娜繼續說，「我們的狀況差不多。」

「嗯，」拔許圖說，「嗯。」

「唉……她那樣逃走真可憐。是你的主意嗎？」她的語氣有些苛責。

「我？當然不是。」拔許圖裝出受傷的口吻。「我盡力勸阻她了。」

「她知道嗎？我們要來？」

「不知道，她沒有電話。」

艾蓮娜不發一語。

直到他們接近房子，她才開口。

「拔許圖，我跟你說，我覺得不太對勁。這裡根本不能住人，窗戶都沒有玻璃，這些房子都是空屋。」

「別傻了，我保證她在這兒。」

艾蓮娜轉頭看他，現在他看到她因為懷疑瞇起眼睛。

「你在騙我嗎？」

跟他在寒冷的黑夜獨處，她似乎突然害怕得緊張起來。

拔許圖停下來。四周幾乎沒有風，海潮的呢喃令人著迷。他端詳她，她現在逃不走了。

「你騙我嗎？為什麼你要撒謊？」她提高聲量，聲音拔尖又緊繃：「凱蒂雅在哪裡？」

她開始後退遠離他。拔許圖沒有動。

她轉身逃進黑夜。

他沒花多久就追上她，把她摔在地上，抓起附近的石頭，砸向她的頭，打昏她。她死了嗎？應該沒有，他覺得他有摸到脈搏。

拔許圖抱起她，將她癱軟的身體扛到海灣。他在黑暗中絆到石頭，踉蹌了一兩步。他小心翼翼讓艾蓮娜面朝下躺著，頭埋進海水裡，然後把她往下壓。

第二十七章

瑚達問道，「你是說我給你的文件裡什麼都沒有？」她的腦袋拼命運轉，決心要盡力讓對話持續下去。

拔許圖笑了。「沒什麼重要的。妳提到凱蒂雅的時候，我得趕快動腦筋，找藉口引誘妳出城。我必須除掉妳，別無選擇。」

瑚達暗自咒罵一聲。今天真是惡夢般的一天，所有她犯過的錯都回來糾纏她：艾瑪自白，男子在醫院遭到謀殺，逮捕奧奇。她早上根本不該起床。她自認通常會更快感知到自己身陷險境，但擔憂害她的直覺變鈍了。

瑚達喘氣說，「拜託，給我一點水。」雖然向他乞求簡直違背常理。

他說，「等一下再說。」她不確定他是不是說真的。

她問道，「她們都在賣淫嗎？」

拔許圖放聲大笑。「當然沒有，兩個人都沒有。她們都是好孩子，尤其凱蒂雅——她好可愛。」

「可是……」為時已晚，瑚達現在才搞懂拔許圖怎麼誤導她，從調查一開始就引她走上歧路。

「妳出現在我門口時，我實在太震驚了。」他繼續說，「我以為案子結案很久了，早把整件事拋在腦後。我只能想辦法把妳的注意轉離我身上。於是我突發奇想：我要告訴妳艾蓮娜在賣身。結果挺成功的吧？騙到妳了。」

瑚達眼睛裡都是土，她眨眨眼，弄清視線後，看到拔許圖心不在焉地笑。

她可以感到恐懼緊揪著心，但她不能因此癱瘓。短短一瞬間，她又回到兒時，犯了錯被外婆鎖進櫥櫃。

她暫時閉上眼睛，專注聽著鳥鳴。總有人會幫她，即使已過午夜，外頭一定有人在。或者拔許圖會改變主意，也許他只是想嚇嚇她……隨著每一秒過去，她的希望不斷消逝。

她終於說，「你不可能逃得了。」但連她自己聽起來都覺得沒說服力。

「我殺了兩個人都沒事，都快成老鳥了。我會確保大家永遠找不到妳，這週我們就要灌水泥地基了。」

「可是……」她想到她的手機。即使來不及救她，一定也有辦法追蹤她的位置，查出她去了哪裡。

拔許圖似乎又看透她的心思。

「幾小時前，我就搞定妳的手機了。妳不是借手機給我，我假裝打電話給我爸嗎？那時候我拆掉電池了。」

「還有我的車。」

「我承認這比較麻煩，不過我會棄車，把車開下懸崖掉進海裡，我再想辦法回鎮上。總之，沒有人在意我的行蹤，因為我從來不是這個案子的嫌犯。別擔心，我不會被逮到。」

他繼續鏟土。

第二十八章

身處黑暗的好處就是沒有影子。

瑚達閉上眼睛。

她決定不再掙扎，放棄抵抗。

窒息的幽閉感很駭人，難以描述，但說來奇怪，當她接受無法避免的後果，意識到沒有人會來救她，她的生命走到了盡頭，她竟感到寧靜。她再也不用忍受恥辱，為了工作失職遭到起訴。如果她死了，她很肯定毛納斯會撤銷對她的控訴。她的思緒飄向彼得。他在等她，或許他有試著打電話給她。他必須等一輩子了。

泥土幾乎完全蓋住她的臉。

別的不說，死亡給她一條慈悲的出路，終結她的惡夢。她長年渴望的寬恕。平靜。過去二十幾年，瑚達一直努力理解和同情有罪的人，好為自己做的事贖罪，減輕靈魂承受的重擔。有時她會因此越線，艾瑪就是很好的例子。她犯了罪，開車撞傷戀童癖，但瑚達太了解她了。

她不知道她還有多少時間，或許只剩短短幾秒。

當下她幾乎希望自己能相信神。小時候她固定跟外公外婆上教堂，但女兒過世後，她殘留的一絲信仰也離她而去。

她的思緒回到勇恩和汀瑪身上。

她曾深愛丈夫和女兒，勝過世上所有的人。然而當她發現汀瑪遭受勇恩無以言喻的暴行，她的愛變成了恨。她一次失去了他們倆：汀瑪自我了結，勇恩在她眼中成了怪物。她的恨意每天增長加劇，膨脹成無法控制的無邊怒火。她永遠無法原諒他做的事，然而他還活著，汀瑪卻不在了。每次瑚達看到他，都會想到汀瑪。她的女兒死了，她辜負了她，然而她身上充滿母愛，比汀瑪在世時還要強烈。

她必須從生活中抹除勇恩的痕跡。不過離婚還不夠，她又不想把家人捲進性侵案件的公開調查，絕對不行。不，她想要表面上維持一切正常，但勇恩必須離開，而且要為他惡劣的罪行負責。

到頭來，解法簡單極了。

勇恩有心臟病，但只要正確服藥，可以活到安享晚年。瑚達把他的藥換成沒用的安慰劑，然後開始等。她希望換藥有效，他會在美好的一天睡去，再也醒不來。

當然她知道這麼做不對，不只不對，還是謀殺，就這麼簡單。不過她把這些感受推到一旁，專注於手邊的工作，專注於除掉勇恩，並希望能獲得一點平靜。她太過渴望正義；她必須為女兒的死復仇。不僅如此，她也無法忍受讓勇恩在世上多活一天。

想好計畫後，她其實絲毫沒有反悔。後悔是後來的事，早就來不及了。最後她受夠了等待。有一天她明知勇恩在家，還是回家吃中飯。她刻意跟他吵架，殘忍地罵個不停，激得勇恩氣急敗壞，因而心臟病發作。

他倒在客廳地上，無法說話，無法哭叫，但他還活著。他看著她，露出哀求的眼神。他不知道她做了什麼，瑚達也不覺得需要解釋。她只是站在那兒，看他死去，心中想著汀瑪。她一點感覺都沒有；沒有後悔，也沒有喜悅。等他終於走了，她感到如釋重負，一切終於結束了。

瑚達知道她可以放下了。當然，一切不會恢復正常，但她做了該做的事。

這個人犯下的罪比謀殺還惡劣，而她殺了他。

她拋下他倒在地上，回去工作。

稍晚她回家，「發現」屍體，叫了救護車。就這樣。

心臟不好的男子英年早逝，沒什麼奇怪。他的女兒不久前才自殺，對他衝擊太大。沒有人暗中懷疑汀瑪自殺的真正原因，更別說認為勇恩的死哪裡不正常了。大家都很同情他的妻子，尤其她還是警察。警方當然沒有調查，她也成功脫身，但自此以來，勇恩幾乎每晚都造訪她的夢境。她犯下謀殺，逍遙法外，卻發現她無法背負事實活下去。

她心想，她的生命要這樣殘酷地結束，或許也算是恰當的懲罰吧。

瑚達盡量不要恐慌，但泥土開始塞住她的氣管，使她窒息。她等待無法避免的終點，想著她的女兒。汀瑪從未真正離開她的心思，但現在她能清楚看到女兒的臉，心中不禁湧起無盡的愛，參雜糟糕的愧疚。

汀瑪……

拔許圖似乎停下鏟土的動作，或許他要喘口氣吧。或者她可能說出了女兒的名字，害他擔心了一下？

他恢復動作。

鳥兒唱著歌。

他們不知道現在是晚上。

尾聲

「在美好的這一天，感謝這麼多人前來送瑚達・赫曼朵蒂最後一程。」牧師說，「當然，今天不是葬禮。我們都知道，警方尚未找到瑚達。我們誠心禱告，希望她身在某處，仍在人世，仍在享受人生；我們希望她只是自有理由離開了。所以今天的場合雖然仍顯哀傷，或許我們應該利用這個機會，讚頌瑚達的一生。沒有人確切知道瑚達在職的最後一天發生什麼事，為什麼她盡心為警局奉獻多年，終於要踏上漫長的快樂退休人生時，卻消失無蹤。不用我說，並非所有人都歡迎這個人生里程碑：有人懼怕那一天，有人則迫不及待。我們不知道瑚達怎麼看待退休，或者最後一天她在想什麼，我們也不知道現在她的軀體在何處安息，但我們可以肯定地說，在上帝和同僚的關懷下，她可以好好休息了。

「瑚達在警局表現傑出，升遷快速，深獲初階和資深警員尊敬。在職期間，她主要致力於調查重大犯罪，確保市民的和平與安全。近年來，她偵破數起著名案件，往往負責領導調查。其他時候，她則低調努力，躲避鎂光燈的焦點，一如她謙虛的個性。

「今年春天，即使幾乎沒有她失蹤地點的線索，許多瑚達的同事仍協助搜尋，投入超乎職責所需的精力。我知道他們無私慷慨的努力一定會感動瑚達，也證明同事對她的關愛。她的朋友不願放棄搜索，直到找到她的希望全數破滅。他們大半時間都在搜索高地，那兒可說是瑚達的主場。大家應該都知道，瑚達熱愛山間健行：套句她自己說的話，她是真正的山羊。我數不清她爬過的山——她自己八成也數不清了。就讓我們想像，她在退休之際爬上最愛的山頭慶祝，卻成了最後一趟旅程。我們可以心生安慰，她在鍾愛的冰島荒野中心長眠了。

「由於家庭環境艱困，瑚達人生的頭兩年在雷克雅維克的育幼院度過。當年這種安排頗為普遍，工作人員也悉心照顧她。兩歲時，她開始與母親同住，隨後搬進外祖父母家，成為一個大家庭。瑚達和母親、外公、外婆也一直維持親密的關係。充滿愛的快樂童年對瑚達長大後幫助甚大：她個性開朗親切，跟大家都相處融洽。

瑚達的父親是美國人，他們從未謀面。

「不過有兩個人佔據瑚達心中最重要的位置。其一是她的丈夫勇恩，他們很年輕就認識，短暫交往就結婚了，真是快樂的決定，旁人都說他們是真正的靈魂伴侶。瑚達和勇恩一起走過人生起伏，共享許多嗜好，一如好伴侶彼此互補。友人聲稱他們從不吵架。他們在奧爾塔內斯海邊共築愛巢，當年那邊仍是郊外，或許瑚達對冰島地景的愛也因此萌芽。

「他們的掌上明珠汀瑪也在那兒出生。汀瑪在學校是風雲人物、模範學生，年紀輕輕就充滿潛能，可想而知瑚達和勇恩都非常以她為榮。因此她不幸早逝，無疑對父母造成重大打擊。他們勇敢堅忍面對，一如往常如膠似漆，彼此扶持慰藉。他們繼續住在奧爾塔內斯，最終也雙雙回到職場：瑚達返回警局，勇恩繼續投資的工作。兩年後，瑚達也失去了勇恩，她畢生的摯愛。數年前，他診斷出心臟疾患，但沒有人料到他會英年早逝。瑚達必須再次面對震驚的憾事，但她仍以不屈不撓的勇氣應對，重新站穩腳步，迎戰人生，繼續在艱難的崗位上屢創佳績。

「瑚達從未忘記勇恩和汀瑪。就我們所知，她的基督教信仰依然真誠堅定，深信在死後會與親愛的家人重聚。我們雖然非常想念瑚達，但知道她現在回歸勇恩和汀瑪的懷抱，與她深愛勝過生命的家人團聚，我們應該也能感到安慰。

「願上帝保佑瑚達・赫曼朵蒂留下的回憶。」

臉譜小說選 FR6584

冰島暗湧I：暗潮

Dimma

原著作者　拉格納・約拿森 Ragnar Jónasson
譯　　者　蘇雅薇
書封設計　莊謹銘
責任編輯　廖培穎
行銷企畫　陳彩玉、楊凱雯
業　　務　陳紫晴、林佩瑜、葉晉源

出　　版　臉譜出版
發 行 人　凃玉雲
總 經 理　陳逸瑛
編輯總監　劉麗真
城邦文化事業股份有限公司
台北市中山區民生東路二段141號5樓
電話：886-2-25007696　傳真：886-2-25001952

城邦讀書花園
www.cite.com.tw

發　　行　英屬蓋曼群島商家庭傳媒股份有限公司城邦分公司
台北市中山區民生東路二段141號11樓
客服專線：02-25007718；25007719
24小時傳真專線：02-25001990；25001991
服務時間：週一至週五上午09:30-12:00；下午13:30-17:00
劃撥帳號：19863813　戶名：書虫股份有限公司
讀者服務信箱：service@readingclub.com.tw
城邦網址：http://www.cite.com.tw

香港發行所　城邦（香港）出版集團有限公司
香港灣仔駱克道193號東超商業中心1樓
電話：852-25086231　傳真：852-25789337

馬新發行所　城邦（馬新）出版集團【Cite(M) Sdn. Bhd. (458372U)】
41-3, Jalan Radin Anum, Bandar Baru Sri Petaling,
57000 Kuala Lumpur, Malaysia.
電話：603-90563833　傳真：603-90576622
電子信箱：services@cite.my

一版一刷　2022年4月
I S B N　978-626-315-054-6

售價：360元
（本書如有缺頁、破損、倒裝，請寄回更換）

國家圖書館出版品預行編目資料

冰島暗湧I：暗潮／拉格納・約拿森（Ragnar Jónasson）著；蘇雅薇譯. -- 一版. -- 臺北市：臉譜出版：英屬蓋曼群島商家庭傳媒股份有限公司城邦分公司發行, 2022.04
面；　公分. --（臉譜小說選；FR6584）
譯自：Dimma
ISBN 978-626-315-054-6（平裝）

881.257　　110019863